五堂诗词课

诗篇

野狐狸 著

中国青年出版社
CHINA YOUTH PRESS

图书在版编目(CIP)数据

五堂诗词课.诗篇 / 野狐狸著. —北京：中国青年出版社，2020.7
ISBN 978-7-5153-6076-8

Ⅰ.①五… Ⅱ.①野… Ⅲ.①诗词–诗歌欣赏–中国 Ⅳ.①I207.2

中国版本图书馆 CIP 数据核字（2020）第104594号

五堂诗词课.诗篇

作 者：	野狐狸
策划编辑：	于 宇
责任编辑：	于 宇
文字编辑：	张祎琳
美术编辑：	杜雨萃
出 版：	中国青年出版社
发 行：	北京中青文文化传媒有限公司
电 话：	010-65511270/65516873
公司网址：	www.cyb.com.cn
购书网址：	zqwts.tmall.com
印 刷：	河北华商印刷有限公司
版 次：	2020年7月第1版
印 次：	2020年7月第1次印刷
开 本：	880×1230 1／32
字 数：	205千字
印 张：	9
书 号：	ISBN 978-7-5153-6076-8
定 价：	59.00元

版权声明

未经出版人事先书面许可，对本出版物的任何部分不得以任何方式或途径复制或传播，包括但不限于复印、录制、录音，或通过任何数据库、在线信息、数字化产品或可检索的系统。

中青版图书，版权所有，盗版必究

序

唐诗宋词，是中华传统文化桂冠上两颗耀眼的明珠。这两颗明珠的功用，不只在远观——供后人远远地观瞻敬仰，更在于近玩——让我们细细地品鉴、涵咏、摹习。在这日复一日、年复一年、代复一代的吟赏把玩之中，不断提高审美鉴赏能力，最终将诗词内化为自身的涵养，从而由内而外地焕发出"腹有诗书气自华"的神采。这便是诗词泽被后世的千秋功德之所在。

好的东西，自然会有识货的老师来热心地介绍给有上进心的同学，这就是唐诗宋词各式各样的选本、读本、注释本汗牛充栋的原因。那么多的名家名作，选哪些、怎么讲，如何才能独树一帜，这当然很考验老师的识见、水平和讲解能力，同时，这也跟读者的层次有很紧密的关系——同一位老师，给小学生、中学生、大学生上课，准备的课件必定是不一样的。如果老师能够针对不同的受众做到因材施教，那么他（她）就堪称好老师。野狐狸的《五堂诗词课》是他课子之余收获的成果，是讲给低龄小读者听的课。为了做到"深入浅出"，让大家听得懂、感兴趣，他是很动了一番脑筋的。

语言上尽量做到通俗易懂，表述上尽量做到生动有趣，包括对诗人词人用现代课堂上的班干部称谓来增加代入感，拉近古代作家与小读者的距离，这些都是"深入浅出"的显性体现，但还不是《五堂诗词课》最有特色的地方。《五堂诗词课》的别出心裁体现在"五堂"上。野狐狸将"诗词"进行了一番拆解、总结、归纳，最后从"场景""感情""诗（词）人""意象""格律"五个元素，对诗词作品进行了各有侧重的分析和解读。所谓的"五堂"，就是这五个元素。从前，佛教徒有这样的规定：如果有人要出家，必须要接受早殿、晚殿"五堂功课"所要背诵的经文的考核，"五堂功课"是佛门弟子所必须要掌握的基本功。也许在野狐狸看来，"场景""感情""诗（词）人""意象""格律"这五个元素，是通向诗词内在构造的五个最具有识别度的、最容易让小读者把握的通道。那么，熟练掌握这五个元素的识别、拆解、拼搭——就像搭积木那样玩得得心应手，也可以说是学习诗词所必须要掌握的基本功了。

不能不说野狐狸是聪明的。比如他所提炼的"场景"元素，选讲的诗分别展现了"离别""思乡""边塞""咏物""山水""怀古""忧民""田园"等场景。学过古代文学理论的人知道，这些场景其实就是作品的不同题材，但是小读者不是创作者，跟他们说"题材"实在太违和，不如说"场景"，更容易理解，调动他们人生中极其有限的场景体验，去产生联想和代入，这显然是更好的欣赏者的立场。不同的"场景"，就会生发出诸如"豁达""悲伤""喜悦""思念""厌恶""激昂"

等"感情"。而"场景"的在场者,"感情"的宣泄者,那便是"诗(词)人"。因此,"场景""感情""诗(词)人"这三个元素,是主体与客体、主体通过客体而展现出的三位一体,是诗与词的基本要素。按理说,这三者也是一切文学作品的要素,但对于中国古典诗词来说,"景"与"人""情"的联结显得更紧密、更基本。因为对于绝句、律诗、长短句这样篇幅有限的文学体裁来说,"借景抒情""以景衬情""情景交融"是一种最为经济的表达手法,能起到立意高远、含蕴深刻、意味隽永的艺术效果,因此也成为中国古典诗人们的一种表达习惯。换句话说,中国历代的诗人词人,更喜欢通过具体的场景、物象来传达他内心的所思所想,这与"以物观心""天人合一"的中国哲学思想也是相吻合的。因此,把"场景""感情""诗(词)人"当作古典诗词的基本要素,应该说是很恰当的。同时我们还发现,"以物观心""借景抒情"这样的诗心,其实更贴近童心。孩童的思维特点是形象思维强,抽象思维则有待建立,而"以物观心""借景抒情",正是借助具体物象、形象,来表现思想、情感和某些抽象概念的艺术手法。从这个层面来看,把"场景"这块积木拆分出来,交到孩子们的手里让他把玩,也是很符合小读者的身份的。

正因为景物在中国诗词中的重要性,"五堂"在"场景"之外又专门析出了一堂"意象"课。"意象"是什么呢?简单说来,就是您眼睛看到的某个具体的物象,比如柳树,但是呢,又不止是那一棵柳树,还是你看着那在风中摇摆的柳枝时心里荡漾起的某种情调。这种情调,与杨柳依依的物态有关，由此联想到与亲朋分手时依依不舍的惜别之情。这种情调，还与民俗文化、诗意的累代积淀传承有关，古代有折柳送别的风俗，而历代的诗人也借反复咏柳而叠加这种惜离别的、有些伤感又不失美好的情调，以至于到了后代，受过中国传统文化熏陶的人一看到"柳"这个东西，脑海里就自然而然地浮现出一连串相关情调的联想。这就是"见山不是山"，"见柳不是柳"。因此，"意象"是具体物象经过心灵的滋养、放大而呈现出的更高级的那个有些真实又有些朦胧的物象或形象，它自带中国传统文化独有的能量附加值而魅力别具。通过野狐狸的引导，小朋友会发现梅花、菊花、蝉、杜鹃、江水、月亮等这些东西，是如何散发出独特的中国韵味的。通过对这些"意象"的初步欣赏，小读者才能进一步踏上它的进阶，领会"意境"之美。

中国古典诗词有着与别国诗歌不一样的独特的韵律美感，这是遵从汉字的四声和韵对技巧所发展起来的一种形式美。因此"格律"也是"五堂"诗词课之中不可或缺的一堂。诗词的格律说简单也简单，说复杂也很复杂。野狐狸不是诗词研究专业出身，但也许正因为这样，他反而没有一些诗词专家唯恐挂一漏万的担忧，而有着一种旁观者清的化繁就简的决断干练。诗篇的格律篇依韵选诗，还算是比较容易操作；词的格律本来就比诗要复杂得多，对于原本没有经过辨平仄、对对子这样基础训练的小读者来说，要在词篇的格律篇中做到深入浅出，实在是有些勉为其难的。但好在书中介绍的那些基本的格律常识，对于初学者而言已经足够。而且，虽然野狐狸基本回避了"词与音乐的关系"这个复杂的专业话题，但是词篇格律的"凄婉""豪迈""优美"等诸章，其实依循的还是词人"择声情填词"这个原则。因此，即便从专业角度，野狐狸这样的安排也还是得当的。

在我看来，《五堂诗词课》最首要的意义在于方法论意义。古人云，授人以鱼不如授人以渔。"授人以渔"，就是给人一种方法、一套工具。在这本书中，野狐狸运用模型法思维，展示了五块"积木"把玩唐诗宋诗的一套方法。至于具体怎么把玩、把玩得如何，您不妨带着孩子在书中细看；而如果您受此启发、教会了孩子五堂把玩法，那么，哪怕书里没有讲解到的唐诗宋词篇目，或许也都可以拿来拆解分析把玩一番了。这可以说是《五堂诗词课》超脱于一般诗词选读本而别具价值的地方。为此，我很乐意把这本书推介给您和您的孩子。

二〇二〇年春于杭州城西瓣香居

写在前面的话

不知从何时起,对孩子的诗词教育开始不断升温,线上线下、课内课外,一时间各类诗词教育铺天盖地而来,大有"千树万树梨花开"之势,央视中国诗词大会成了全国老少追捧的"神剧"。我对诗词大会印象最深的是第二季,那时候,许多父母都恨不得让自家的"熊孩子"一夜之间变成别人家的"武亦姝"。其实,我倒不敢有这种奢望,但看着成天舞枪弄棒的儿子,觉得自己就算不能培养出"武亦姝",也不能整出一个"武松"来啊。于是,我毅然翻出书柜里发黄的《唐诗三百首》《宋词三百首》,晃起自己的"半桶水",兼职干起了家庭教师的行当。没成想,教着教着,居然也积累了一点感悟,本着育(娱)人育(娱)己的精神,我决定把它写出来,权做大家茶余饭后的谈资,如果还能够给大家带来一点启发的话,也不枉我辛苦码字一场。

在开始吹牛前,我得先抛出一个问题:"我们究竟需要怎样的诗词教育?"记得我上学的时候,老师教诗词一般都是先介绍作者,再谈诗句的内容含义,最后提炼中心思想。最后,再加上最最要命的一句:大家都得给我老老实实背出来,明天抽查!于是,同学们纷纷开始摇头晃脑，唧唧复唧唧……那时候，我会想，古人真奇怪，有话您直说，写哪门子诗呢？当然，我的想法比较偷懒，应该接受批评。但回过头来看，单纯机械的记忆确实不符合孩子的天性，也无法让孩子完全领略诗词的奥妙，更不可能培养孩子对诗词的兴趣。

诗词的知识其实很丰富：诗（词）人的经历和创作风格，诗词的分类、意象的运用、诗词的平仄与韵脚等，不一而足。这些看似深奥的知识一般只停留在专业书籍中，似乎并不适合孩子。其实，再复杂的道理也可以用通俗的语言表达，哪怕是让孩子先了解一点皮毛，对今后的学习也会大有好处。

于是，我尝试着对诗词知识进行了一番"拆解"，从"场景""感情""诗（词）人""意象""格律"五个角度进行，深入浅出地解读，同时还以"玩积木"做比，尽量使孩子能够轻松愉快地完成诗词之旅。

文章本天成，妙手偶得之。我的《五堂诗词课》就这样诞生了！

目录

第一章　学诗词正如玩积木 /015

场景篇

第二章　离别 /021

第三章　思乡 /025

第四章　边塞 /029

第五章　咏物 /034

第六章　山水 /039

第七章　怀古 /043

第八章　忧民 /047

第九章　田园 /051

感情篇

第十章　豁达 /057

第十一章　悲伤 /061

第十二章　喜悦 /066

第十三章　思念 /070

第十四章　厌恶 /074

第十五章　激昂 /078

诗人篇

第十六章　宣传委员骆宾王 /085

第十七章　组织委员贺知章 /090

第十八章　劳动委员贾岛 /094

第十九章　生活委员孟浩然 /099

第二十章　学习委员王维 /104

第二十一章　文艺委员李商隐 /109

第二十二章　体育委员杜牧 /114

第二十三章　纪律委员刘禹锡 /119

第二十四章　副班长白居易 /123

第二十五章　班长杜甫 /128

第二十六章　超级同学李白 /133

意象篇

第二十七章　不止风霜雨雪花鸟虫鱼 /141

第二十八章　杨柳 /146

第二十九章　梅花 /151

第三十章　菊花 /155

第三十一章　蝉 /160

第三十二章　猿啼 /165

第三十三章　杜鹃鸟 /170

第三十四章　羌笛 /175

第三十五章　江水 /180

第三十六章　月亮 /185

第三十七章　渔翁 /191

格律篇

第三十八章　为什么朗朗上口 /199

第三十九章　铁三角"花家斜" /205

第四十章　　东风拂面来 /211

第四十一章　楼上望江流 /217

第四十二章　神佑苦勤人 /223

第四十三章　天边落日圆 /229

第四十四章　无晴却有情 /235

第四十五章　栽花开几回 /242

第四十六章　关山征人还 /249

第四十七章　为什么抑扬顿挫 /255

第四十八章　对对子也有讲究 /260

第四十九章　记住神秘口诀 /272

第五十章　　积木如何玩 /277

番外篇　　　你能搭出个什么玩意儿 /283

第一章
学诗词正如玩积木

同学们都玩过积木吧？如果你想用这些五颜六色的方块搭建出心中所想的事物，不仅要有充足的材料，还要有一个成熟完整的构思。学诗词其实也和玩积木一样，要想掌握诗词的精髓，你就要系统了解关于诗词的各种元素。下面，我们就从场景、感情、意象、格律、诗（词）人等五个元素入手，一一道来。

第一个元素是"场景"。场景俗称场合、场面，顾名思义，就是说诗（词）人是在什么情况下写了那首诗词，聚会开派对也好，游山玩水看美景也罢，一个人发呆思考人生也算，凡此种种。因为场景基本决定了诗的内容、立意，所以人们经常以此对作品进行分类，比如送别诗、山水诗、田园诗、咏物诗等。它好比积木中的底板，是最基础的大部件，其他的元素围绕着它展开。比如你要搭一座大桥，总要一根大长条，你要搭个足球场，总缺不了一块绿色底板。

说完"场景"，接着说第二个元素"感情"。如果小朋友读过《三字经》，就知道里面有这么一句："曰喜怒，曰哀惧。爱恶欲，七情俱。"说的是人有高兴、愤怒、悲伤、害怕、喜爱、讨厌、欲望等七种感情，当然，实际情况可能更复杂一些。场景和感情是有关联的，你如果是和好朋友相聚，那当然是高兴的。但场景和感情又是有区别的,同样是送别朋友,有人会伤心难过,有点不舍得,有人却会豁达地祝朋友一帆风顺。所以"感情"好比积木上的颜色,你要搭海洋,就要把蓝色、白色的积木挑出来;你要搭森林,就要把绿色、青色的积木挑出来。

前面两个比较好懂,接下来的可能听起来有点陌生,诗词的第三个元素叫"意象"。我个人认为,这是诗词中起到画龙点睛作用的元素,好比积木里的核心部件,比如眼睛、宝石之类的积木块。缺少了这些部件,你或许仍能搭建出一个物体,但无法达到神情毕肖的程度。经常读诗词的人可能会发现,诗词中有几个事物是频繁出现的,如月亮、杨柳、夕阳等,它们的背后往往会藏着一种特定的含义。例如,说到月亮,就经常用来代表怀念家乡、想念亲人,因为古人讲究望月怀远、望月思人,如果一个人看到月亮不想家乡亲人,而是想到了月饼,那他肯定不是诗人,极有可能是个吃货。杨柳经常用来传递送别时的依依不舍之情,夕阳则常用来代表一种消沉、不开心的情绪。诗词的意象很多,我们读起诗词,经常会有意味深长的感觉,那都是意象的功劳。

第四个元素是"格律"。诗词的格律其实包括两方面内容,一个是"韵脚",另一个是"平仄"。很多人都知道,诗词是要押韵的,比如李白的《黄鹤楼送孟浩然之广陵》一诗中,"故人西辞黄鹤楼"的"楼"字,"烟花三月下扬州"的"州"字,"唯见长江天际流"的"流"字,都是诗的韵脚。有了韵脚,诗词读起来才会朗朗上口。但是,韵脚只管住了句末的几个字,要让诗词读起来抑扬顿挫,还需要注意"平仄"。"平"是水平的意思,"仄"是倾斜的意思,代表着音调的高低起伏。掌握了"韵脚"和"平仄",诗词中的每个字才会按照准确的声调规律排列出来,就像同学们出操时的整齐队列一样。可见,格律好比指导积木搭建的图纸,诗(词)人必须按照它规定的排列规则来写诗词。

第五个元素是诗(词)人。如果弄懂了上述几项元素,说明你已经基本具备了玩转积木的能力。但是,若要玩得得心应手,你还需要了解有关诗(词)人的知识。再好的诗词,终归要由人来写。哪怕是同类体裁、同种感情基调的诗词,不同的人来写,风格也是不一样的。杜甫的诗工整严谨,白居易的诗浅显易懂,李商隐的诗词藻华丽,王维的诗空灵飘逸,李白的诗总是充满着天马行空的想象力。因为,诗(词)人也是活生生的人,他们有着不同的成长经历和性格特点,这些因素最终都会投射到他们的作品中。如果将诗(词)人比作搭建积木的高手,那么你必须走进他们的内心世界,才能真正欣赏他们的作品,学会他们的本领。

好了,"积木"的五大元素讲完了。学诗词和玩积木一样,既要勤动手,更要勤动脑。我们只有深入掌握了这些知识,才能将"积木"把玩于股掌之间,真正享受到玩"积木"的乐趣。话不多说,下面我们先来欣赏一首诗:

泊船瓜洲

北宋　王安石

京口瓜洲一水间,钟山只隔数重山。
春风又绿江南岸,明月何时照我还?

这是一首大家非常熟悉的诗,是王安石第二次出任宰相,离家北上,准备继续排除万难推行变法时所作的诗。诗句既优美精致,又意蕴深刻,尤其是那个"绿"字的使用，历来为人津津乐道。等王安石再次回到家乡，小朋友可以走上前去问一问，他的这个积木作品是如何搭建出来的？答案我们不忙着揭晓，等看完本书，我相信小朋友们自会明白。

在出发之前，有个问题还是要特别说明一下。按照先诗后词的原则，咱们先得从诗讲起。关于词，留待词篇分解。我们这里所说的诗，主要指格律诗，又称近体诗，它是唐朝以后逐渐形成的。只有格律诗，才会对字数、平仄、韵脚有严格的要求。至于汉魏六朝以及更早时期的古体诗，这里就不涉及了……哟，诗人们已经等不及了，再啰唆下去，我都要被他们轰下台了。

好的，好的，主角是诗人们，请上场吧！

场景篇

第二章
离 别

从本章开始,我们聊一聊诗的场景。很多同学可能都有过这样的惨痛经历:明明和好朋友正玩到兴头上,却冷不丁听到爸爸妈妈一声大喝"好了,今天就玩到这里吧,明天还要早起上学呢"。于是,一对好友就这样被拆散了。当然,爸爸妈妈这么做是为孩子好,可离别的滋味确实不好受。这一点,古人的感受其实更强烈。为什么呢?因为那时候没电话和手机,交通工具也不发达,没汽车、没飞机,那可真是一个通讯基本靠吼,交通基本靠走的状态。李白如果想念杜甫了,绝不可能发个微信问一下:"老杜,你好吗?"

所以呢,古人的离别才是真正的离别,特别是家人、好友一出远门,预示着就要很长一段时间无法得到对方的消息,母亲挂念远行的儿子,妻子舍不得出征的丈夫,朋友之间也是依依不舍。人走了,思念却更多了,他在路途上顺利吗?他在异乡生活得好吗?他有没有受苦,会不会挨饿?空有无数的挂念,却毫无办法,最多是寄上一封信,但当时的邮路哪有现在这么发达。一封信几经辗转,等到了收信人手中,可能已经大半年过去了,所以杜甫才有"家书抵万金"的感慨啊。

多愁善感的诗人不会在离别的时候无动于衷,朋友远去,送上一首诗赠别,那也是非常流行的事情。通过刚才的讲述我们可以想象,这种场景下诗人的心情一般都不好,写出诗的基调也比较沉郁、压抑,蒙蒙细雨、片片落叶、西下的夕阳、流逝的江水都是这类诗中经常出现的意象。

以离别为场景的诗实在是太多了,在选诗的时候,我挑得眼花缭乱。最后,我千挑万选,选中了一首,诗的作者很特殊,因为她当时只有七岁。很可惜,历史没有留下这位作者的名字,否则,她或许也能和写出《咏鹅》的骆宾王一样声名远播。唉,七岁就能写诗,差距咋就这么大呢?

下面,我们先来欣赏一下这首诗:

送兄

唐　七岁女

别路云初起,离亭叶正稀。

所嗟人异雁,不作一行飞。

诗的题目已经直接告诉我们当时的场景——送兄,原来是一个七岁的小女孩送别自己的哥哥。哥哥要去干什么呢?出去赶考?还是出征?我们从诗歌里看不出来,反正好男儿志在四方。小妹妹舍不得自己的哥哥,一路走一路送,因为心情不好,看到的景色也不同了。她看到了天上的云朵,看到飞向远方的大雁,走着走着,就到了一个驿亭前,那是供行人歇脚的地方。一般送人,送到驿亭边,也该结束了。千里相送,总有别离的一刻。

妹妹把看到的、想到的写了一首诗,前面两句写景色,后面两句写心情,这也是很多诗歌所用的模式。但诗歌毕竟是诗歌,情与景是不能绝对分离的，所谓情景交融、写景抒情是很多诗歌的笔法。所以，妹妹看到的云肯定不是可爱的云，更不像是棉花糖般的云，而是刚刚升起的云朵，真是天上云在飘，路上人在走啊。她看到的树叶也是稀稀拉拉的，不是苍翠茂密、富有生机活力的。两句开头，一个是"别路"，一个是"离亭"。你看，路是送别的路，亭子是送别的亭子，直接点了"离别"的题。读了这两句，谁都可以想象，妹妹肯定是眼眶红红，泪珠打转，舍不得哥哥啊。

后两句是妹妹的感想，但似乎还是在说景物，"所嗟"的"嗟"是感叹的意思，"人异雁"的"异"是不同的意思。妹妹在感叹，人和大雁终究是不同的呀，有什么不同呢？大雁是排成一行飞的，而我和哥哥呢，不能一直一起走下去。景物说完了，感情也表达完了，离别的伤感也自然而然地流露出来了，是不是写得很好？

离别的诗歌大多如此，景物是萧瑟的，感情也是低沉的。当然，凡事都有例外，也有人特别乐观，能把离别的诗歌写得别有味道，这一点，我们以后再说。

分别之后，诗人就要到处去闯荡了，一个人在外面，他会不会思念家乡呢？下一章，我们就来说说诗人是如何表达思乡之情的。

> 知识链接

下面两首也是描写离别场景的诗,你听说过吗?

芙蓉楼送辛渐

唐　王昌龄

寒雨连江夜入吴,平明送客楚山孤。

洛阳亲友如相问,一片冰心在玉壶。

送友人

唐　李白

青山横北郭,白水绕东城。

此地一为别,孤蓬万里征。

浮云游子意,落日故人情。

挥手自兹去,萧萧班马鸣。

第三章
思 乡

家是每个人心里最温暖的地方，同学们每天生活在爸爸妈妈身边，可能感觉还不明显，等你长大后，一个人到外地读大学或工作的时候，那份思念家乡的感情就强烈了。当一个人漂泊在外的时候，你才会发现，家乡的饭菜真是可口，家乡的环境真是怡人，因为那方水土是从小生你养你的地方，你已经熟悉了那里的一切，甚至有点依赖。如果在外地碰到了一个家乡人，还真是"老乡见老乡，两眼泪汪汪"。古人思念家乡的感情也很浓烈，与我们相比，有过之而无不及，道理已经讲过了，他们所处的时代科技水平不发达，回一次家更不容易呀。

诗人当然也会思念家乡，一思念家乡，就忍不住作首诗来表达心情。几乎所有的大诗人都写过这类诗，比如，杜甫曾说过，"白日放歌须纵酒，青春作伴好还乡"。你看，一想到可以回家乡，内敛的杜甫都要唱歌、喝酒庆祝了！王维碰到家乡人就问："君自故乡来，应知故乡事。来日绮窗前，寒梅著花未？"意思是说，你从家乡来，应该知道家乡最近发生的事情吧，来，快跟我说说……

思乡的诗歌内容很丰富，可以是对故乡水土的想念，可以是对家的想念，也可以是对家乡亲人的思念。思念的时间也分多种，最普遍的是晚上一个人独处的时候，这点大家都可以理解，一个人的时候比较寂寞，自然容易想家。此外，在外地遇到故乡亲友的时候和快要回家的时候，也容易勾起诗人的创作欲望。一轮明月、一只飞鸟、一盏孤灯、一首曲子是这类诗歌里常出现的词语。天上的明月恐怕是诗人和家人唯一能够同时看到的东西了，而那只天边的飞鸟，会不会是从家乡飞来的呢？它们都成了诗人的情感寄托。

本章我们要介绍的这首思乡诗，是大诗人李白所写的。李白写的思乡诗不止一首，最著名的莫过于那首《静夜思》："床前明月光，疑是地上霜。举头望明月，低头思故乡。"读起来朗朗上口，很多小朋友都会背。

现在，我们再介绍李白的另一首诗《春夜洛城闻笛》：

春夜洛城闻笛

唐　李白

谁家玉笛暗飞声，散入春风满洛城。
此夜曲中闻折柳，何人不起故园情。

《春夜洛城闻笛》说的是一个春天的夜晚，诗人在洛阳城里听到吹笛的声音，勾起了他的思乡之情。洛城就是现在河南洛阳，在唐代，那是一个仅次于都城长安的大城市，人们称之为东都。

洛阳很繁华，春夜很美好，但诗人高兴不起来，为什么呢？李白说了，谁在这个时候吹笛子啊？万家灯火已经熄灭，喧嚣的城市又归入了沉寂，怎么会飞来笛声呢？笛子是中国古老的乐器，吹出来的声音往往凄清婉转，既动听又容易让人陷入沉思。笛声很快融入了春风里，随着风儿飘呀、飞呀，飞进了千家万户，很快弥漫了整个洛阳城。古代的夜晚确实和现在不一样，当时人们的夜生活还不丰富，即便是在大城市，夜里也会很安静。吹笛声一响，一下子就撕开了那份寂静，那些还未入睡的人都情不自禁地欣赏起远处飘来的曲子。是什么样的曲子有如此魔力？诗人告诉我们，"曲中闻折柳"。原来，那是一支《折杨柳》曲。《折杨柳》是我国汉代乐府歌曲，表达的是人们离别时的依依惜别情。听到这里，诗人不禁又要产生疑问，那个吹笛人为什么要吹奏一首饱含离愁别绪的曲子呢？对了，他肯定也是一个客居洛阳的人，肯定也在今夜想起了家乡，他没有人可以倾诉，只好用笛声来表达。是的，肯定是这样。我不认识他，但我能理解他的心情，因为我也一样，也想念自己的家乡啊。是不是还有人和我一样，因为笛声而产生了共鸣？"何人不起故园情"，既是说吹笛子的人，其实也是指所有听笛子的人，但第一个起了故园之情的，不正是李白自己吗？

一个如此豪放、豁达的大诗人，也忍不住想家了，你想家了吗？同学们，如果你是在温暖的家里听这首诗，如果你是在爸爸妈妈的身边听这首诗，那是何等幸福啊。

> 知识链接

下面两首也是描写思乡场景的诗,你听说过吗?

九月九日忆山东兄弟

唐　王维

独在异乡为异客,每逢佳节倍思亲。

遥知兄弟登高处,遍插茱萸少一人。

除夜作

唐　高适

旅馆寒灯独不眠,客心何事转凄然。

故乡今夜思千里,霜鬓明朝又一年。

第四章
边 塞

很多小男孩都喜欢玩打仗游戏,你拿一柄塑料剑,我扛一把木头刀,杀他个天翻地覆、鬼哭狼嚎……实在过瘾。我小时候没有塑料刀,就折根树枝当兵器,没有对手,就拿院子里的公鸡开战,在我的呐喊声中,那可真是鸡飞狗跳啊,然后当然是我威武地打败了公鸡,再然后当然是我被妈妈拎着耳朵赶走了……哟,扯远了,打住。说到这里,大家可能猜到了,今天我要讲的是和打仗有关的诗,俗称"边塞诗"。"边塞"中的"边",大家可以理解为边境,就是本国和邻国接壤的地方。为了防止外敌入侵,国家要派大量的将士去驻守边境。边塞的"塞"是指要塞,边境地区多是高山、沙漠,那里人烟稀少,将士们就要在关键地区修起城池、堡垒,用于驻扎军队、囤积粮草。一个一个要塞散布在漫长的边境线上,它们像一条锁链保护着本国的领土和人民。

唐朝是我国历史上一个疆域辽阔的朝代,突厥、吐谷浑等彪悍的少数民族政权环伺在北方边境,双方军队经常在边境上打打杀杀,争夺宝贵的生存空间,他们在鲜血与战火中推动着民族的融合、历史的前进。将士戍守边关是一件非常辛苦的事,绝不像小朋友想象的那样,穿着漂亮的铠甲,拿着锋利的武器,骑着高头大马,一副威风凛凛的样子。实际上,很多将士都从祖国各地征发而来,他们远离家乡,远离妻子,来到荒无人烟的地方,每天只能守着边关残月,看着苍茫大地,吹着大漠冷风,那里没有鸟语花香,没有小桥流水,只有嘶鸣的战马和滚滚狼烟。除了寂寞的环境外,他们还要随时准备迎接来犯的敌人,那可是真刀真枪的战斗,随时可能血洒疆场,甚至献出生命。

诗人来到边塞后,自然也会感受到边塞的独特氛围,他们会为豪迈的将士、残酷的战争所震撼。于是,他们拿起笔,写下了这些壮观的景象,沙漠、大雪、战马、孤城、羌笛、关塞是这类诗中最常见的景物,因为这些景物最能衬托战场的冷酷和守边将士的寂寞。边塞诗的基调大多高亢、雄浑,仿佛把你带到了那个战火纷飞的时刻,读起来总让人热血沸腾,豪迈之情油然而生。

边塞诗写得最好的诗人莫过于王昌龄,他的《出塞曲》和《从军行》都很出色,"秦时明月汉时关,万里长征人未还,但使龙城飞将在,不教胡马度阴山",这首诗老少皆知。今天我们在这里再介绍另一首,一首更富有血性和豪气的诗!

从军行·其四

唐　王昌龄

青海长云暗雪山,孤城遥望玉门关。

黄沙百战穿金甲,不破楼兰终不还。

王昌龄的诗总是具有非凡的张力,他眼里的边关冷月是"秦时明月汉时关",一下子把人带进了历史的时空,那是以时间为轴,从纵向来看的。

《从军行·其四》这首诗，却是从横向来看，这次王昌龄仿佛坐上了直升飞机，对大唐西北边境进行了一次全方位的航拍。看下面，在青海湖上空，白云飘飘，一副空旷的景象，顺着湖继续往北飞，我们看到了横亘千里的雪山，那就是著名的祁连山，再向北，就是河西走廊，那是大唐联系西域各国的交通要道，是丝绸之路的要害地段。这条路，外交家张骞来过，军事家霍去病也来过。这条路上有一个著名的关塞，叫作玉门关，"春风不度玉门关""旌旗初下玉关东"，很多边塞诗提到了这个著名的要塞。从要塞往东看，那里还有一座孤零零的城池矗立在荒漠中，和玉门关遥遥相望。

这里我们还必须简单介绍一点军事地理知识，在唐朝的西方和北方曾存在两个强大的敌人，西边是吐蕃，北边是突厥，河西走廊像一把利剑一样隔断了吐蕃与突厥的交通，防止他们联合侵犯唐朝边境，戍守在这一城一关里的将士，担负着扼守交通要道、把守大唐西北门户的重任。无疑，他们肩上的责任是很重的。

后面两句是诗人的抒情，其实也是诗人在替守边将士发出强音。"黄沙百战穿金甲"，说的是大漠黄沙万里，将士却要穿着沉重的铠甲，骑着高头战马和敌人殊死搏斗，一次次击退来犯的敌人。由于战事频繁，粗砺的风沙把坚实的铠甲都磨穿了。最后一句，"不破楼兰终不还"中的"楼兰"曾是我国西部的一个古国，诗中泛指与唐朝为敌的西北诸国。在诗词中，楼兰、吐谷浑等某个民族、某个政权的名称，或者说"单于""可汗"等民族首领的称谓，经常被用来指代外部的敌人，这是诗词中经常运用的"指代现象"。"不破楼兰终不还"这句话可以看作是将士的誓言，他们掷地有声地向每个大唐子民承诺——不击败敌人，绝不回来！如此豪情壮志，怎能不让人升起敬佩之情。

欣赏了这首边塞诗，同学们可千万别再以为战争是一件好玩的事情，当军人也不仅仅是看上去威风而已，那里更多的是悲壮、艰苦和牺牲，还是让我们珍惜现在和平安定的生活吧。

> 知识链接

王昌龄是写边塞诗的高手,他的《从军行》共有七首,上面介绍的是第四首,下面这两首,你听说过吗?

从军行七首·其二

唐 王昌龄

琵琶起舞换新声,总是关山旧别情。
撩乱边愁听不尽,高高秋月照长城。

从军行七首·其五

唐 王昌龄

大漠风尘日色昏,红旗半卷出辕门。
前军夜战洮河北,已报生擒吐谷浑。

第五章
咏 物

我知道，有很多小朋友非常害怕写作文，因为总是觉得没内容可写，如果老师让你写某次有趣的活动，那还好写点，从开始到结束，谁谁谁干了点什么，哪怕记流水账，好歹还能凑几个字。如果是写单一的物体，比如一只小狗、一个泥偶、一株小草什么的，那可要人命喽，有的小朋友拼命抓头皮、咬笔帽，脸都憋红了，结果只憋出了两行字。为什么会出现这种情况呢，是观察不仔细吗，也未必。很多小朋友会说，一件东西，形状、颜色我都写了啊，实在没什么内容嘛，可不能怪我啊。

说到这里，我要给大家讲个小故事。话说在民国的时候，有一个叫张宗昌的军阀，他曾经统治了现在的山东一带。张宗昌从小没读过什么书，纯粹是个文盲，可这个文盲将军却偏偏有一个爱好——作诗。大家都知道，写诗可是需要一定文化造诣的，你字都不认识几个，怎么就……没办法，人家张宗昌不这么认为，依然沉浸在创作的乐趣之中。有一次，他带领下属一起去登泰山，突然诗兴大发，望着巍巍高山，念出了一首"名"诗：

> 远看泰山黑糊糊，
> 上头细来下头粗。
> 如把泰山倒过来，
> 下头细来上头粗。

听到这里，我猜张将军身边的人一定很惨，非常想笑，但又不敢笑出声来，只能憋着偷偷笑。同学们肯定也笑得肚子疼了，这怎么算诗呢？笑过之后，我们要动脑筋想想了，为什么张将军写出来的诗，我们一听就觉得不好呢？因为，它没有在诗里面放入自己的情怀。没有了情怀，人们看到的物体将是冷冰冰的、粗线条的，写出来的东西也没有生命力，让人听了就想睡觉。

要想让自己不变成张将军，我们还是要向优秀的诗人学习。诗人某天见到一样东西，有了思想感触，写一首诗，叫作咏物诗。这类诗中也不乏佳作，比如罗隐的《蜂》、郑板桥的《竹石》，等等。你看，蜜蜂和花花草草都可以进入诗人的作品。诗人不但把这些小事物用精练的语言表达了出来，还让人读出了他的情怀和志向，非常了不起。今天我们推出的一首诗也很有名，他写的对象很特别。诗人既不写动物，也不写植物，也没写山水楼阁，他写的是非常不起眼的"石灰"。石灰？那也就是一块白石头，诗人怎么把它写好呢，我们一起来看：

石灰吟

明 于谦

千锤万凿出深山,烈火焚烧若等闲。
粉骨碎身浑不怕,要留清白在人间。

这首诗讲的是石灰石的经历。第一句"千锤万凿出深山"是说,人们要开采石灰石很不容易,必须用锤子、凿子把坚硬的岩石击碎,然后再把石灰石一块一块地运出来。第二句"烈火焚烧若等闲",是说刚挖出来的石灰石还不能马上使用,要接着放进石灰窑,用烈火焚烧,才能转化成我们现在所称的生石灰。第三句"粉骨碎身浑不怕"是说,石灰石光经过焚烧还不够,最终要变成粉末为止。现实中,人们要把生石灰放到水里,使其继续分解,最终变成粉末一样的熟石灰。第四句"要留清白在人间"是说,经过火烧水淹,原始的石灰石终于变成了可用于粉刷墙壁的白色石灰粉末。

写咏物诗,诗人往往有一种代入感,他不再是物体的旁观者,而是把自己想象成那个事物。比如,在《石灰吟》中,诗人说到"若等闲""浑不怕",表现了石灰火烧水淹照样镇定从容的姿态。这里石灰变成了有生命、有感情的物体,它的生命和感情就是诗人代入的。同时,写咏物诗的时候,诗人抓住的事物特征,一般就是最能表达自身志向的特征。石灰的开凿、火烧以及分解成白色粉末,都是一个自然的工作流程。现实中,人们在炼石灰的时候可能还会有一些其他的操作环节。但诗人抓取了最适合表达自己志向的开采、焚烧等环节,加上"千锤万凿""烈火焚烧""粉骨碎身"等带有悲壮色彩的词。每个人读过这首诗后都明白,他是一个不怕牺牲、敢于担当、品格高尚的人。诗里从来没喊一句口号，但我们又分明能感受到，他就是那样一个人。

最后，我们再来简单说一下作者于谦。

于谦，杭州钱塘县人，明朝文武双全的名臣，一生为官廉洁，深受百姓爱戴。明正统十四年（1449），土木堡之变事发，明朝被蒙古（瓦剌部落）打败，明英宗被俘，明朝军队精锐尽失，瓦剌人大举入侵，兵锋直指北京。万分危急时刻，朝廷中很多人都主张南逃。在这紧要关头，于谦挺身而出，力排众议，主张坚守，并组织军民抵抗外敌，终于守住了北京城，使大明王朝转危为安。然而，朝廷昏溃，刚正的于谦最终还是因"谋逆罪"被人诬陷、杀害。回首于谦的一生，再看这首诗，我们不免感叹，石灰真的成了他一生的写照。所以，我们要相信：好诗，都是用心写出来的。

知识链接

读一下以下两首咏物诗,诗人想借物表达怎样的思想?

蜂

唐 罗隐

不论平地与山尖,无限风光尽被占。

采得百花成蜜后,为谁辛苦为谁甜?

竹石

清 郑板桥

咬定青山不放松,立根原在破岩中。

千磨万击还坚劲,任尔东西南北风。

第六章
山 水

去旅游想必是很多小朋友喜欢的,跟着爸爸妈妈参观一个个风景名胜,尝一尝当地的美食,顺便买点有趣的纪念品,那还不开心得像只猴子?如果是和同学们一起出去游玩,那就更热闹了,哪个景区如果迎来了一群小朋友,就像是放进了一群鸭子,天都要吵翻了。很多诗人天生就是旅行家,一言不合就背上包外出散心了,用现在的话说,那是一场说走就走的旅行,比如,我们的天才诗人李白就是杰出代表,要不他怎么能写出那么多赞美祖国山河的诗篇呢?

我国地大物博,好山好水多的是,描写山水的诗词从来不缺佳作,今天我们要讲的这首诗是宋朝大诗人苏轼写的《饮湖上初晴后雨》。苏轼的才华无可挑剔,但做官的运气并不怎么样,一辈子被贬了好几次,四处漂泊做官。好在他是个豁达的人,官场混不好就到山水里找找乐子,这倒便宜了我们,否则我们还看不到那么多优秀的山水诗呢。

在介绍这首诗前,我们要先说一下山水诗的分类,古人讲究"寄情山水",很多人在写山水的时候,是在借着山水表达自己的情感。心情有好有坏,同样的山水,不同的诗人有不同的感慨,这一点,我们会在后面讲诗词的感情时再详细说。除了寄情山水以外,还有些山水诗是单纯描写景物的，如果硬要说其中的感情，只能是诗人观赏美景的喜悦之情。今天要说的这首诗，就是纯写景色的。

宋神宗熙宁六年（1073），苏轼在杭州做通判，杭州最著名的景点当然是西湖。身边搁着一个这么美丽的西湖，大诗人的笔怎么停得下来？于是他写下了大量有关西湖景物的诗，最出名的就是这首《饮湖上初晴后雨》，诗名翻译过来就是"在西湖边喝小酒，看看天晴时的西湖和雨后的西湖"，你看，诗人就是诗人，多能找情调，趁他还醉醺醺的，我们去偷瞄一下他的这部作品吧。

饮湖上初晴后雨

北宋　苏轼

水光潋滟晴方好，山色空蒙雨亦奇。
欲把西湖比西子，淡妆浓抹总相宜。

诗的前两句用语不凡。"水光潋滟晴方好"，说的是晴天时，西湖水面在灿烂的阳光照耀下，微波荡漾，湖光闪闪，十分美丽。"山色空蒙雨亦奇"描写了西湖周围的群山，在细雨笼罩下，朦胧空灵，若有若无，非常美妙。仔细品味一下，两句诗其实又是一副工整的对联。"水光"对"山色"，"潋滟"对"空蒙"，"晴方好"对"雨亦奇"。这里我们得强调一下，苏老先生赏景，当然不是晴天只看湖光，雨天只看山色，而是巧妙地用了互文的笔法，把每个时段最好的一面直接呈现了出来。

诗的后两句进入了想象环节，想象是诗人创作出好作品的一大法宝，刘禹锡从洞庭湖想到了白银盘，李白从庐山瀑布想到了银河，既是形象的比喻，也是美妙的想象。应该说，苏轼的这次想象更加超脱，他没有从外形上为西湖山水设喻体，而是从整体上对西湖的神韵做了比喻。

"欲把西湖比西子"，他是要把西湖比作美丽的西子。西子是谁？就是古代著名的四大美人之一西施，能把吴王夫差迷得神魂颠倒，甚至亡了国，自然颜值了得，用现在的话说，那是绝对的女神。西湖风光秀美，那种美是一种南方水乡的精致、细腻、温柔之美，把它比作温婉可人的美女，实在很贴切。所以呢，诗人接着说，"淡妆浓抹总相宜"，意思是如果把美丽的西湖比作美人西施，淡妆也好，浓妆也罢，都是很恰当的。

苏老先生可是真的喜欢西湖，他后来还曾出任杭州知州，主政期间，不但发动百姓疏浚西湖，利用浚挖的淤泥构筑了苏堤，还引入了一种自创美食东坡肉。玩的、吃的都凑齐全了。同学们到西湖玩时，千万别忘了走一走美丽的苏堤，吃一块肥而不腻的东坡肉，纪念一下这位乐观豁达的大诗人。

知识链接

西湖实在太美了,很多诗人都在西湖留下了传世佳作,下面两首诗分别是唐代诗人白居易和宋代诗人杨万里的咏西湖名作,把他们的作品和苏轼的《饮湖上初晴后雨》比较一下,你觉得谁的更胜一筹呢?

钱塘湖春行

唐 白居易

孤山寺北贾亭西,水面初平云脚低。
几处早莺争暖树,谁家新燕啄春泥。
乱花渐欲迷人眼,浅草才能没马蹄。
最爱湖东行不足,绿杨阴里白沙堤。

晓出净慈寺送林子方

南宋 杨万里

毕竟西湖六月中,风光不与四时同。
接天莲叶无穷碧,映日荷花别样红。

第七章
怀 古

上面一章,我们说了诗人在游览祖国大好河山时写下优美诗篇的情况。本章我们还要接着讲旅游的话题。小朋友可以回忆一下,在外出旅游的时候,每到一处景点,是不是会有一些导游饶有兴致地向游人介绍关于景点的小故事,这座宫殿曾经见证了哪几个王朝的兴衰,这座花园曾经是哪位名人的府邸,这座寺庙曾经出过几位高僧,甚至一块石头、一泓泉水也有它的传说和故事。我们可以把景点背后的故事叫作历史典故,知道了这些典故,那些普普通通的事物仿佛就有了生命,你会感叹,哦,原来今天我站立的地方曾经发生过那么多有趣的故事啊!一定要记下来,回去后向同学们吹吹牛,必定是极好的。

诗人看到一处壮美的景观会写出优美的诗篇记录下来,抒发一下自己的情感。那么,如果他们来到一个有故事的地方,想起这里曾经发生的一切,会不会也作一首诗呢?当然会,不过诗人往往既有才情,也有学养,他们不仅会想起脚下这片土地上曾经发生的事,还会对过去的事做一番评价,我们可以把这类诗叫作"怀古诗"或者"咏史诗"。

今天我们请来现身说法的老师是著名诗人杜牧,杜牧在写怀古诗方面很有造诣,写出了很多有新意、有水平的作品,下面这首《题乌江亭》就是其中之一。844年，唐会昌四年，杜牧到池州去担任刺史，路过乌江亭（现位于安徽马鞍山市和县），有感而发，题了一首诗。

杜牧会留在乌江亭作诗，那这里肯定发生过什么惊天动地的大事。没错，公元前两百多年的时候，秦朝因为残暴的统治而被推翻，刘邦和项羽开始争夺天下。经过长达四年的楚汉相争，西楚霸王项羽在垓下（现在的安徽灵璧县）被击败，他带着少数兵马突围跑到了乌江，当时曾经有人劝说项羽乘船逃到南方，重新组织军队，再和刘邦争天下。项羽觉得自己败得如此狼狈，没有脸面再去见江东父老，就在那里自刎而死。从此，楚汉战争结束，刘邦建立了汉朝，中国历史开始了新的篇章。

对于杜牧来说，项羽乌江自刎的故事已经是一千年前的事情了，现在杜牧要做一番怎样的评价呢？我们先来读一读他的诗：

题乌江亭

唐　杜牧

胜败兵家事不期，包羞忍耻是男儿。
江东子弟多才俊，卷土重来未可知。

"胜败兵家事不期"，"不期"，就是"不可预料"的意思，杜牧一张口就直截了当地告诉我们：胜败乃兵家常事，打仗这种事，谁赢谁输都有可能。接着他又说了"包羞忍耻是男儿"，能够忍受耻辱才是男子汉。也就是说，受点挫折没什么了不起，什么羞愧、耻辱，都可以忍一忍。

我们一听，杜牧的口气是挺大的，看样子他是要批评项羽。果然，接下来，杜牧更不客气，直接评论道："江东子弟多才俊，卷土重来未可知。"

他似乎是摇头叹气地对项羽说：西楚霸王啊，江南人才济济，你重新再来一次，说不定还能赢回来呢！

重新再战为什么说是"卷土重来"呢，因为古代的战争中，步兵、骑兵拿着武器相互冲杀，人和马一奔跑就尘土飞扬，像是把泥土卷起来了，所以说是"卷土"。"卷土重来"这个词实在太形象，以致成了我们现在经常使用的一个成语，用来形容人们在失败之后，重新投入战斗。看来，杜牧对项羽是哀其不幸，怒其不争，觉得他胸襟不够宽广，意志不够坚强，不该早早认输。

通过上面的分析，我们可以看出，怀古的诗和写景的诗可不一样，虽然同样是诗人看到某处景色而作，但它更侧重对事情的评论，而不是去描写那里的山如何挺拔，水如何流淌。诗人的感情不再藏在景色描写里，而是直接体现在了他的观点里。所以说，山水诗是诗人寓情于景，而怀古诗则是寓理于景。

> 知识链接

杜牧并不是唯一题过乌江亭的诗人,后来很多文人经过这里也想起了项羽的故事,写诗作了一番评价,有的赞同杜牧的观点,有的反对杜牧的观点,我把其中的两首列出来,你觉得谁说得对呢?

乌江

宋 李清照

生当作人杰,死亦为鬼雄。
至今思项羽,不肯过江东。

乌江亭

北宋 王安石

百战疲劳壮士哀,中原一败势难回。
江东子弟今虽在,肯与君王卷土来?

第八章
忧 民

生活中,每个人都有自己的忧愁,人们总是为了工作而奔波劳苦,每个人都行色匆匆、忙忙碌碌。那些正处于快乐童年的小朋友,总该是无忧无虑的吧?我这么说,他们可能也会不同意,谁说我们没有自己的忧愁?那些菠菜、萝卜我一点都不爱吃,他们偏要往我碗里放;那么香的零食,他们偏说是垃圾食品,有这么可爱的垃圾食品吗?我和好朋友想多玩一会儿,偏偏老师布置了那么多作业。你说,我该不该忧愁?好吧,本章我们不讨论谁的烦心事更多一点,我们来谈一谈诗人的忧愁。

诗人当然也会有自己的哀愁,但不少诗人除了考虑自己的事情外,还总是忧国忧民。什么叫忧国忧民呢?就是为国家的命运而担忧,为大众的生活而担忧。比如杜甫,虽然自己经常生活困顿,有时连饭都吃不饱,但他还是不忘关心国家和群众的疾苦,自己的破茅草屋都被卷到天上去了,还要说"安得广厦千万间,大庇天下寒士俱欢颜",盼望老天让每个人都有房子住。很多诗人和杜甫一样,看到辛苦劳动的大众,充满了同情,写出了很多忧民的诗作。比如,大家都熟悉的那首《悯农》:"谁知盘中餐,粒粒皆辛苦",诗人李绅用朴素的语言告诉我们,农民种地何其辛苦,粮食多么来之不易。

把民众的疾苦放在心上，对生活境遇不如自己的人抱有同情心，是一种高尚的情操。同学们现在正年少，还没有足够的力量去改变什么，但也应该有这种情怀。只有学会感受别人的痛苦，你的胸怀才会宽广，志向才会高远，长大后才能成为一个不平凡的人。

今天来到我们这里的诗人也是一个不平凡的人，他很小就失去了父亲，生活条件异常困难，但他品行高洁，学习刻苦，最终成为饱学之士。进入朝廷做官后，他能文能武，主持过政治革新，抵御过外敌入侵，面对各种诱惑和威胁，从不低头。他发出了"先天下之忧而忧，后天下之乐而乐"的呼喊，至今仍备受推崇，他就是北宋著名的政治家、军事家、文学家范仲淹。表面上看，他也只是一个普普通通的书生，是什么样的力量让他变得如此强大呢？我想，强大的秘密恰恰在于那份最可贵的同情心。

景祐元年（1034），范仲淹写了一首小诗，在这首小诗中，我们可以触摸到他的内心。

江上渔者

北宋　范仲淹

江上往来人，但爱鲈鱼美。
君看一叶舟，出没风波里。

这首诗是写渔民的，全诗没有一个生涩的词汇，没有一个拗口的句子，平白得像是诗人随意的几句诉说。诗人说，江边人来人往，川流不息，那些来来往往的人，都爱吃美味的鲈鱼。但是，请你看一下，江中有一条小船，在急风险浪中，像一片树叶一样，起起伏伏，若隐若现。他告诉你，人们只知道鲈鱼好吃,却不知道捕鱼的人要冒着生命危险在风浪里工作。我们可以想象,如果捕鱼者的亲人也在江边,当看到树叶般的小船在风浪里起伏的时候,他们一定会提心吊胆、惴惴不安。当一个浪头打来,小船从她的视野消失时,肯定把心都提到嗓子眼了;当小船再次出现在视野中时,肯定又会长舒一口气。渔民的辛苦,尽在范仲淹的笔下。

范仲淹此时是朝廷官员,他有稳定的俸禄,不用为吃穿担心,但他从小经历生活的艰难,知道底层人民的疾苦。所以,当他再次看到这一切,能从内心深处发出同情的声音,并把这种真挚的感情转为自己的信念和行动。

忧民的诗,贵在作者感情的自然流露,经常是针对最值得同情、最容易引起大家共鸣的一个场景进行描述。忧民的诗很接地气,大多用词朴素自然,语言直白,而且很少用典故,哪怕你文化水平不高,也能一看就明白。这些诗就像每个平凡的劳动者一样,是最淳朴的,也是最可爱的。

知识链接

李绅写《悯农》,他看到的是烈日下挥汗如雨的农民,范仲淹写《江上渔者》,他看到的是风波中挣扎的渔民。还有哪些人的身影也得到了诗人的关注呢?

陶者

北宋 梅尧臣

陶尽门前土,屋上无片瓦。

十指不沾泥,鳞鳞居大厦。

蚕妇

北宋 张俞

昨日入城市,归来泪满巾。

遍身罗绮者,不是养蚕人。

第九章
田 园

本章我们讲诗的最后一个场景——田园。对于很多现代人来说,田园风光已经成为一种奢侈的风景。记得自己上小学的时候,都是和同学们甩着书包走过去的,路边成片成片金黄色的油菜花,河塘里蹦来跳去的青蛙,树丛里各种各样的昆虫,谁手里没有个瓶瓶罐罐?谁不顺手弄点花鸟虫鱼回去?当然,个把胆子大的同学因为玩得太高兴,上课迟到挨批的事情也没少发生。可是,我一直认为,那才是真正的上学路,比起现在的汽车马路带劲多了。很无奈,我们的生活正在发生天翻地覆的变化,我们正在褪去农业文明的印记,田园终究是越来越少了。下面还是让我们跟着诗人到诗歌里去追寻一下田园风光吧。

我们知道,古代中国是以农为本,你看,连我们的历法都是蕴含农作物的种植规律,比如我们独有的二十四节气,用现在的话说,就是"一张图让你读懂何时干农活"。诗人写文章固然讲究"诗言志、文载道",但诗人写田园风光倒可以看成一个例外。他们除了谈论大事外,也会像常人一样想走出去随处看看,舒缓一下紧张的情绪。今天走出去闲逛的诗人叫范成大,是一位南宋诗人,特别擅长写田园风光,曾按照春夏秋冬四个季节,各写了一组诗。注意啊,是一组,不是一首,每组是十二首,一共就

是四十八首,看来,范成大没事还真喜欢在田边晃悠。接下来,我们就选看其中的一首:

夏日田园杂兴·其七

南宋 范成大

昼出耘田夜绩麻,村庄儿女各当家。
童孙未解供耕织,也傍桑阴学种瓜。

田园里的风景人情很多,这首主要是写农家儿女一起劳动的和谐画面。田园诗的文风和它们所描绘的场景一样,清新、自然、淳朴,没有太多的修饰,诗句往往少用修辞,而多用平铺直叙,有时候就像是一个老农在为你讲解田园农家发生的那些事。

这首诗里,老农首先讲述了人们在夏日里的主要劳动内容。"昼出耘田夜绩麻"是说,人们白天去田地里除草,晚上就在家里织麻线。其中"昼""夜"相对,"田""麻"相对,一句话就讲明白人们要忙点什么农活。第二句告诉我们干活的人"村庄儿女各当家",儿女可以理解为年轻的男女,他们正是干农活的主人。男种田、女纺织,这是传统的农村劳力分配方式,所谓"男耕女织"嘛。好了,男人、女人说完了,就再看看孩子们。那时候的小孩能干点什么呢?我们有句话叫作父母是孩子最好的老师,大人干什么,孩子就去模仿。他们拿不动锄头,更不会织麻,只好去学着种东西了。第三四句"童孙未解供耕织,也傍桑阴学种瓜","童孙"就是小孩子,"未解"就是"不知道","供耕织"就是"种地织布"。小朋友不会干真正的农活,他们干什么呢?只能在桑树荫里,学着种瓜。

很多小朋友最初对"种植物"的理解，就是把一样东西埋进土里，干等着它长出来。估计诗里的那两个小娃也一样，把瓜籽一埋，以为大功告成了。不是有个挺有意思的汽车广告吗？一个小朋友把一辆玩具车埋地里，还以为能长出真车来呢。有这好事，很多人早把钱埋地里了。一首小诗，顺着农村各类人群的活动娓娓道来，多么清新自然、妙趣横生，农家的繁忙、儿童的可爱都在画面里了。

最后，再和大家分享一个小知识点。不知大家注意到没有，这里提到的两个农活：一个是种地，一个是纺织。为了表现这两个活动，第一句里用了动词"耘"和"绩"，第二句用了动词"耕"和"织"。之所以换两个字，是因为诗句里的字一般是不重复的，重复起来就不好听了。其实，我们从现代的语法看"耕耘""绩纺"都是可以组成一个词语的。这不，耕耘都是"耒"字旁，那可是一种农具啊，耕是犁地，耘是除草，用到诗里，可泛指种地的意思。"绩纺"这词现在用得不多了，现在更常听见的是"纺织"，它的本意是"将丝麻等原料做成纱或线"。这不，"绩纺"两字都是"纟"字旁。我们现在很多词组其实都是由两个意思相近的字组成的，在诗歌里则经常被拆着用，你如果留心观察一下，肯定还会发现很多类似的情况。

> 知识链接

下面两首田园诗描写了哪些风光，你了解过吗？

夏日田园杂兴·其一

南宋　范成大

梅子金黄杏子肥，麦花雪白菜花稀。

日长篱落无人过，惟有蜻蜓蛱蝶飞。

乡村四月

南宋　翁卷

绿遍山原白满川，子规声里雨如烟。

乡村四月闲人少，才了蚕桑又插田。

感情篇

第十章
豁达

通过前面几章的讲述，我们明白了诗的场景，这些场景其实也经常作为诗歌的分类标准，了解了它们，我们就铺好了学习诗歌的基础。接下来，我们要说的是诗的第二个要素——感情。感情和场景既有联系又有区别，同样的事物，每个人都有不同的感受，即便同样的人，也会因时空条件的变化而变化。为了说明这个问题，我选择"豁达"为第一种感情。豁达，我们通俗点说就是看得开、想得开，又称心态好。严格来说，豁达是一种态度，不是一种感情，但它确实很能体现一个人的性格。

我们讲诗的场景时，第一个讲的是"离别"，那种场景中，人最容易出现的情绪是哀伤。确实，很多诗词都是如此，一个比一个凄凉，就差直接哭出来了，"多情自古伤离别"嘛。但凡事总有例外，还有那么一些人，他们天性豪爽，乐观豁达，在众人无语凝噎、哭天抹泪的时候，能够反其道而行之。今天我要例举的一首诗，就是以离别为场景的，这位诗人相当生猛，不但没有拉着朋友期期艾艾地说，"我舍不得你走"，反而扯着嗓门大吼了一声：老兄，怕什么，你大胆往前走吧！这首别具一格的离别诗，就是盛唐时期著名诗人高适所写的《别董大》。

别董大

唐　高适

千里黄云白日曛,北风吹雁雪纷纷。
莫愁前路无知己,天下谁人不识君?

既然是一首不寻常的诗,那诗人肯定也是个不寻常的人,和许多文质彬彬、道骨仙风的诗人形象不同,高适是一个不折不扣的猛男。高适小的时候家里很穷,一度沦落到要饭的程度,后来终于有个刺史欣赏他的才华,把他推荐给了朝廷,但当时的奸相李林甫还是很怠慢他。就这样,高适一直到了四十多岁,依然长期得不到重用,只能在中原一带四处游荡,生活过得十分困苦。一般人遇到这种情况,肯定垂头丧气,但高适很有傲气,不肯服输。唐天宝六年(747),高适在河南睢阳遇到了好朋友董庭兰,有感而发写了这首诗。董庭兰在家里排行老大,所以高适在诗里称他为董大,他是一位著名的琴师,和高适一样,也是一辈子困顿,总是没地方施展才华。两个孤苦的好朋友突然相见,短暂的相逢后,还是要各奔前程,此时当然有无数的话要讲。但高适毕竟是高适,他没有抱怨自己怀才不遇,没有诉说自己心中的苦闷,反而把一次凄凉的送别,变成了豪情万丈的壮行会。

"千里黄云白日曛,北风吹雁雪纷纷",诗的前两句依然是写景。但值得大家注意的是,写景终究是为抒情服务的,所以不同的心情关注的景色也有不同。夕阳西下,把片片白云染成了黄色,北风劲吹,大雁南飞,大雪纷纷飘落。在高适眼里,景致虽谈不上美妙,却也苍茫开阔。我们可以想象,那里没有光秃秃的树干吗?没有匆匆的路人吗?南飞的大雁没有一声声哀鸣吗？不是没有，是高适的心里没有。高适没有意志消沉，没有悲观失望，所以他看到大雁后不会说是"江阔云低，断雁叫西风"，也不会感叹"所嗟人异雁，不作一行飞"。

前路茫茫，不知何去何从，但高适告诉朋友："莫愁前路无知己，天下谁人不识君？"他露出自信的微笑，劝慰朋友：这次去，你不要担心遇不到知己，天下谁不知道你董庭兰啊！两句话一扫缠绵忧怨的老调，尽显高适的乐观豁达、质朴豪爽。这是对朋友的劝慰，又何尝不是高适的自我勉励，相信董庭兰听了，肯定也会被他的乐观所感染，露出会心的微笑。离别诗能写得如此豪迈，也只有王勃的那句"海内存知己，天涯若比邻"可与之相媲美了。

回过头再看前面两句，我们才会发现，高适写的何止是白日、黄云，他是想告诉你，他的胸襟和天地一样开阔！所以说，诗词在传递作者感情时是贯穿始终的，不仅抒情时要把握基调，写景时同样要为情"设"景。要知道，眼前的景终究是从你心中的情投射过来的。

最后，再补充一下高适的结局，在平定"安史之乱"及后续的一系列叛乱过程中，高适得到了施展才华的空间，他处事干练，表现突出，最终官至节度使、渤海县侯。所以说，为人确实要有广阔的胸怀。对同学们而言，你们的人生刚刚起步，切不可因为一点点小挫折就哭鼻子、抹眼泪，要记住，现在的你如果输不起，将来的你肯定也赢不了。

> **知识链接**

历史上很多诗人身处逆境却没有屈服,他们仍然以乐观心态面对人生的起伏。被贬岭南的苏轼开心地吃着荔枝,一时迷失方向的陆游转眼又发现了新的道路,你能从他们的诗句中读出豁达的心态吗?

惠州一绝·食荔枝

北宋 苏轼

罗浮山下四时春,卢橘杨梅次第新。
日啖荔枝三百颗,不辞长作岭南人。

游山西村

南宋 陆游

莫笑农家腊酒浑,丰年留客足鸡豚。
山重水复疑无路,柳暗花明又一村。
箫鼓追随春社近,衣冠简朴古风存。
从今若许闲乘月,拄杖无时夜叩门。

第十一章
悲 伤

都说"人生不如意,十有八九",谁都有悲伤的时候,同学们,你有没有见过爸爸、妈妈眉头紧锁、唉声叹气的时候呢?肯定见过,这时候相信你们都会比平时乖一点。哦,我还听说有些人小小年纪也开始懂得悲伤的滋味了,零分考卷被发现了,宠物小狗走丢了,那可也是大事啊。一旦悲从心头起,不少小女孩还会哭得梨花带雨,不少小男孩哭得鼻子冒泡,那叫一个可怜。其实,要说最容易陷入悲伤情绪的群体,还是要属诗人。

为什么呢?因为,诗人都很多愁善感,碰到不开心的事,自然要伤感一下。诗人又很有才华,当他的才华得不到施展的时候,他自然又要愤懑一番。很多诗人还非常有责任感,当看到国家衰乱、民众受苦的情景时,总抱有很大的同情心,也要抒发一下自己的感慨。所以,为自己也好,为别人也好,为国家也好,诗人总是一声长叹,最后把悲伤的心情化作凄婉的诗句,比如本章我们将要学的这首《枫桥夜泊》。

枫桥夜泊

唐　张继

月落乌啼霜满天，江枫渔火对愁眠。
姑苏城外寒山寺，夜半钟声到客船。

唐朝是我国诗歌的繁盛期，出了很多高产的诗人，比如李白、杜甫、白居易等。张继能在高手如云的诗人中脱颖而出，正是凭着这首《枫桥夜泊》。在这首诗里，他把悲伤的气氛写绝了。

悲伤的诗肯定要由悲伤的人来写，张继那个时候就很悲伤。《枫桥夜泊》所写的地点在苏州，可张继不是苏州人，他是流落到苏州来的。几年前，张继考取了进士，随后却在吏部铨选中落选。铨选是一种选拔官吏的制度，在唐代，科举中了进士也不一定有官做，要经过吏部的再次选拔，才能安排个官职。张继很不幸，好不容易过了科举，却又卡在这最后一关。不久之后，"安史之乱"爆发，国家陷入战乱，张继连安稳日子都没法过了，只好流落到了江南。个人前途一片黯淡，国家山河破碎，再加上独自身处异乡，那真是倒霉透顶，怎不叫人难过？

枫桥是苏州城西郊的一座石桥，夜泊是指夜间将船停泊岸边。光从题目的四个字看，我们就可以想象到这样一幅场景：在一个万籁俱寂的夜晚，一艘客船静静地停泊在桥边，诗人孤身坐在客船上，一夜一人一船一桥，话还未说，你是不是已经感受到了丝丝凉意？

接下来的两句诗，诗人随着题目继续丰富了他所处的场景画面。"月落乌啼霜满天，江枫渔火对愁眠"，其中，"霜满天"是形容天空像铺了一层霜一样幽亮，既形象又渲染了寒气，"愁眠"则是指因为忧愁而无法入睡的人。在这里，诗人一口气向我们描述了六个事物：沉落的月亮、啼叫的乌鸦、弥漫着寒气的天空、江边的枫树、渔船上的灯火，还有那个无法入睡的人。这些景物既是诗人的所见所闻，也是他密集引用的"意象"，尤其是"落月""啼乌""渔火""不眠人"等都是在其他诗词里反复出现的景象，集中用来刻画孤寂的场景。比如，白居易曾有诗句"乌啼鹊噪昏乔木，清明寒食谁家哭"，苏轼写过"转朱阁、低绮户、照无眠"，杜甫写过"野径云俱黑，江船火独明"，分别用到了啼乌、不眠人、渔火等意象。关于意象的知识，我们接下去要专题讲述，这里就不多说了。

六个景物说完，我们不仅看到一幅鲜活的画面，也完全感受到了诗人悲伤的心情。更绝的是，乌鸦的啼叫更衬出了夜里的静，渔船上微弱的火光更衬出了夜的黑。这似乎是诗人处境的一种隐喻，什么时候漫长的黑夜才能过去呢？诗人肯定在心里期盼，盼望自己的前途命运能够有所好转。

"姑苏城外寒山寺，夜半钟声到客船"，诗的后两句里，作者又把远景拉到了近景，视线离开辽阔的天空，离开远处的渔船，又回到了诗人所在的客船，在客船上诗人听到了附近寺庙敲响的半夜钟声。姑苏城是苏州的别称，寒山寺则是附近的一座寺庙，因有名僧寒山在此修行而得名，当地寺庙有半夜敲钟的习惯。因为忧愁而无法入睡的诗人，听到那个渺茫的钟声，知道自己已经半夜未眠了。

听到这里，我们是不是觉得张继真是把"悲伤"的情绪写绝了？当然，有人可能会有疑问，如果光看诗，我们并不知道他为什么悲伤啊？是的，这就是诗的特点。用诗来表达悲伤的心情可不简单，不能像我们写日记一样，直接说自己如何倒霉，如何委屈，否则，诗歌就成了简单的诉苦，那就太没技术含量了。诗歌表达感情,尤其是表达悲伤的感情,就是要有欲说还休的感觉,才能给人带来无限回味的空间,才能把那种悠远的意境表现出来。

> 知识链接

表达伤感情绪的诗句很多,你知道下面两首诗中,诗人为何事而悲吗?

离思五首·其四

唐　元稹

曾经沧海难为水,除却巫山不是云。

取次花丛懒回顾,半缘修道半缘君。

登幽州台歌

唐　陈子昂

前不见古人,后不见来者。

念天地之悠悠,独怆然而涕下!

第十二章
喜 悦

诗所表达的感情总是以低沉、悲壮为主，没办法，人总是在遇到挫折与困难的时候才更容易冷静思考。那有没有表达喜悦心情的诗呢？当然也是有的。本章说的就是这类诗。

同学们一般什么时候最开心呢？是得到了一个心仪已久的玩具，还是美美地吃了一顿大餐？相信很多同学最开心的时候，应该是哪次考试得了个全班第一。尤其是那些平时成绩一般的小捣蛋鬼，偶尔老天开眼，让你考好了一次，那可真是咸鱼翻身！如果老师在讲台上一表扬，回家爸爸妈妈再夸奖几句，肯定笑得两眼眯成一条缝，露出几颗大门牙，那个美哟，乐得都不知道自己姓什么了。你有没有这种感受呢？如果没有，那就更要恭喜你，说明你是个一贯成绩很好的小学霸！

接下来我们要说的这个开心的诗人叫孟郊，他开心的理由和同学们差不多，也是在考试中得到了好成绩，只是他参加的考试可不一般，那是大名鼎鼎的科举考试。科举考试从隋朝开始，成为选拔官吏的一种方式，在唐朝继续得到发扬光大，很多学子想要做官，就必须老老实实参加科举考试。朝廷会在考后张榜公布结果，如果榜上有你的名字，就叫进士及第，如果没考上，就叫落榜了。所以，对读书人来说，那是决定命运的考试，一旦考上，不但自己有前途，全家也跟着光荣，当然是件开心的事。

好事到了孟郊这里，就更值得庆祝了，因为，孟郊考中进士很不容易，他从小家境贫寒，为了生活四处奔波，日子过得很艰辛。唐贞元七年（791），他第一次进京参加科举考试，不幸落第，两年后，他再次应考，还是没考上。贞元十二年（796），他第三次参加科举考试，这回终于考上了，前后整整六个年头，当时他都已经四十六岁了，那是何等艰辛啊！孟郊是个性格内向的诗人，一次次的失败曾给他带来巨大的心理压力，长期郁郁不得志。这次科考的成功，让他长期压抑的心情得到了彻底释放，他相信，自己施展才华的机会快到了，光明的前途就在眼前。喜悦发自内心，创作的激情也喷薄而出，就在放榜后的当天，孟郊喜不自胜，挥笔写了一首《登科后》：

登科后

唐　孟郊

昔日龌龊不足夸，今朝放荡思无涯。
春风得意马蹄疾，一日看尽长安花。

第一句中只有"龌龊"两个字有点难理解，"龌龊"本来是不干净的意思，这里诗人指的是生活过得不如意；"昔日"是指过去的时间，和下面那句"今朝"相对，一个是说过去，一个是说现在，文字上对仗，意思上对比，也是诗里面经常出现的写法。"昔日龌龊不足夸"，就是说过去郁闷的生活不值一提了，孟郊今天心情很好，他觉得自己的生活已经翻开新的篇章，他要忘记过去的种种不如意。"今朝放荡思无涯"，孟郊说，今天我无拘无束,意兴飞扬,心中的愉快和未来的憧憬都一起释放了出来,在无边无际的空中飘荡。

上面两句说的是孟郊的心情和思想,那么登科以后,他用什么样的方式来庆祝自己的成功呢?不急,后两句会告诉你。"春风得意马蹄疾",孟郊开心地骑马狂奔呢。有点像我们现在的某些同学,一开心,骑着自行车飞快地溜一圈,风儿吹过,花儿看过,那叫一个畅快。孟郊也差不多,当然了,只不过他骑的是高头大马。马蹄疾!看来速度也不慢啊,要注意交通安全哟。当时的天气也很配合孟郊的心情,唐朝的进士考试是在秋季举行,第二年春天放榜,所以说,孟郊知道自己考中的时候正是春暖花开的时节。你想啊,骑着马奔驰在大道上,暖暖的春风拂面,心中怎能不得意?诗人终于实现了自己的愿望,对前程踌躇满志,确实该得意一下。

"一日看尽长安花",孟郊说,自己骑着马到处奔驰,一天就看尽了长安城内所有的花。这当然是夸张的说法,长安是唐朝的首都,怎么可能一天就逛遍。孟郊其实是在告诉我们,他心情很好,眼前的一切事物都变得非常美好,他已经没时间细看所有的美丽景致了。瞧把他美的!孟郊当时心情真是太好了,也把自己神采飞扬、心花怒放的状态完整凸显出来。特别是后两句诗,一直被人们引用来形容好的心情,还派生出"春风得意""走马观花"两个成语。

欣赏了孟郊的诗后,我们会发现,诗人要表达喜悦的心情总是直抒胸臆,还会用上适当的夸张和想象,酣畅淋漓地说出自己心中的畅快。他们更喜欢一些动态的描写,从而让画面动起来,把喜悦的心情传递出来,感染每一个人。我们以后遇到开心的事,想用日记记录下来的时候,也可以学着这样写写,别光眯着眼、咧着嘴,傻乐哦。

> 知识链接

下面是两首诗,一首轻松愉快,一首积极向上,你听说过吗?

村居

清 高鼎

草长莺飞二月天,拂堤杨柳醉春烟。

儿童散学归来早,忙趁东风放纸鸢。

元日

北宋 王安石

爆竹声中一岁除,春风送暖入屠苏。

千门万户曈曈日,总把新桃换旧符。

第十三章
思 念

思念是人们最常见的一种感情,家人之间有思念,比如"复恐匆匆说不尽,行人临发又开封",意思是说,我有很多话要对家人讲,就怕信里没把想说的话说完,行人出发时我要打开书信再看一看,有没有要补充的。朋友之间有思念,比如"春草明年绿,王孙归不归",诗人在感慨,一年一年的光阴过去,朋友你何时回来呢?情人之间更会有思念,比如"情人怨遥夜,竟夕起相思",分隔两地的情人,在漫漫深夜彼此思念对方。同学们经历的事情比较少,但也会有思念之情。有些同学很早就进入了寄宿学校,过起了独立生活,他(她)肯定会经常想念自己温暖的家,想念爸爸妈妈,尤其是遇到伤心事的时候。

本章我们要讲的诗,是一首妻子思念丈夫的诗。这首诗的作者是王昌龄,我们之前在讲边塞诗时已经和他打过照面了。然而,这位擅长写雄浑豪迈、荡气回肠的边塞诗的王猛人怎么写起如此细腻温婉的作品了呢?其实啊,王昌龄并没有丢掉他的老本行,本章这首以思念为感情基调的诗,和边塞依然有着千丝万缕的关系。

《闺怨》写的是一个女子思念丈夫,她的丈夫正远在边关征战,你看,这不和边塞搭上边了吗?闺怨的"闺"是女子居住的内室,"怨"是怨念、思念的意思，不能简单地理解为埋怨。其实闺怨诗也是一种常见的诗歌题材，主要写妇女的忧伤情怀，诗里面透着各种空虚寂寞冷。我们先来看看，王昌龄是如何描写这种幽怨感情的。

闺怨
唐　王昌龄

闺中少妇不知愁，春日凝妆上翠楼。
忽见陌头杨柳色，悔教夫婿觅封侯。

闺怨、闺怨，应该说的是"怨"，王昌龄起笔却写了一句："闺中少妇不知愁"，告诉我们：闺房里的少妇不知道什么是忧愁。这位妇女既然不忧愁，哪来的哀怨呢？我们再看看下一句，"春日凝妆上翠楼"。这回交代的是时间、地点，那是一个阳光明媚的春天，地点是阁楼之上。原来这位闺中少妇正站在楼上，远眺春日美景。而且，看起来她心情应该不错，因为她是"凝妆"上翠楼。可见，那天她是化了一个精致的妆容上楼赏景的。女人嘛，都爱把自己打扮得美美的，人漂亮了，心情也会好起来。我们很多女孩子也喜欢穿爸爸妈妈买的漂亮衣服，甚至夏天没到，就迫不及待地穿上了漂亮的裙子。爱美，无可厚非啦。可我们读诗的人应该更纳闷了，人美景也美，那和哀怨、幽怨、愁怨之类的字眼没有半毛钱关系啊，怎么越看越糊涂了？那咱们就继续往下看。

第三句"忽见陌头杨柳色"，少妇凭栏远眺，看到了什么呢？她看到了路上一株株杨柳树。春天万物竞发，杨柳也长出了新枝，垂下了柳条，一片绿意盎然。少妇看见柳树，立刻触发了她的情绪波动和心理变化。杨柳在古代代表着惜别、挽留之情,少妇因为看到柳树而触景生情,想到了自己心里所思念的人。于是,她开始"悔教夫婿觅封侯"。是啊,真后悔让丈夫去寻找封侯的机会。这回,我们终于明白,原来少妇想到了自己的丈夫,他的丈夫应该远在边疆作战,两人长期饱受分离之苦。

少妇对丈夫的思念有亲人之思、有爱情之思,她更可能在景色的感染下思绪飞扬,远征他乡的丈夫现在怎么样,他经受了惨烈的战争吗?他经受了哪些生活苦楚?边疆有没有绿树红花?是不是只有遍地黄沙、西风冷月,还有那阵阵胡笳、羌笛吹出的哀曲?他想念我吗?他还安好吗?他何时归来?现在,我不要你立下如何的功勋,带来如何的财富荣耀,我只需要你早日平安归来。

少妇的思绪像柳絮一样漫天飞扬,像春水一般肆意流淌。春日越明,柳色越青,她的思念越重。要知道,那是一个没有电话、手机的年代,更别说微信、视频了,她唯一能做的只是等待、等待,望眼欲穿的等待。

其实,王昌龄笔下的这个少妇,只是很多古代妇女的一个缩影。在残酷的现实中,不少妇女甚至终其一生都未等到丈夫的归来。有一句唐诗读来更令人恻隐,"可怜无定河边骨,犹是春闺梦里人",用现在的话说就是:真可怜啊,那无定河边成堆的白骨,还是少妇们梦中相依相伴的丈夫。如此情境,真是让人不忍卒读。

诗就讲到这里,或许,有些同学的爸爸妈妈也因为工作原因聚少离多。你的爸爸是否也远在他方?他是不是一个为祖国戍守边疆的军人,他是不是一个经常外出抓捕坏人的警察,他是不是一个远在异国他乡的工程师?如果是,那你可要比其他同学更懂事点,体谅妈妈的心情,多做让爸爸妈妈安心开心的事情。

> 知识链接

表达女人思念、悲苦心情的闺怨诗最为缠绵悱恻,在下面两首诗里,你能读懂她们的心情吗?

秋夕

唐 杜牧

银烛秋光冷画屏,轻罗小扇扑流萤。
天阶夜色凉如水,卧看牵牛织女星。

江南曲

唐 李益

嫁得瞿塘贾,朝朝误妾期。
早知潮有信,嫁与弄潮儿。

第十四章
厌 恶

本章我们要说的一种感情叫厌恶,也就是常说的讨厌、憎恶等。人们对某些事物看不上眼,打心眼里不喜欢,就自然而然会产生厌恶之情。一个两面三刀的朋友、一个丑恶的社会现象、一段不愉快的遭遇,都会让人产生反感。然而,这种情绪也能带进优美的诗里吗?我可以负责任地告诉你:"这个,可以有。"通常来说,表达厌恶情绪的诗,一般都是诗人为讽刺某种丑恶社会现象而写。

很多诗人都有着爱憎分明的情怀,他们对一切假恶丑现象恨之入骨。反映在诗词中,诗人以笔为刀,对这些厌恶的人和事极尽讽刺,读后令人扼腕深思。下面,我们先来赏析一首著名的讽刺诗《官仓鼠》。

官仓鼠
唐 曹邺

官仓老鼠大如斗,见人开仓亦不走。
健儿无粮百姓饥,谁遣朝朝入君口。

这首诗名为官仓鼠,官仓是指官府的粮仓,官仓鼠就是躲在官府粮仓中的老鼠。一说到老鼠，同学们脑中会蹦出哪些词汇呢？偷偷摸摸、又脏又臭、见人就跑……反正就是个小偷的形象。如果问你带"鼠"字的成语，你会想到哪些呢？鼠目寸光、贼眉鼠目、抱头鼠窜、胆小如鼠、过街老鼠、獐头鼠目……一般都是些坏字眼。

然而，作者看到的官仓鼠可有点不一样，"官仓老鼠大如斗"，它居然形大如"斗"！"斗"是古代盛粮食的器具，十升为一斗。如此看来，那可不是一只小老鼠，而是一只形体硕大的大老鼠，想想都让人寒毛直竖。当然，诗人写诗会有所夸张，但想来官仓鼠也确实不同凡响，都属于老鼠界的胖子。至于这些官仓鼠为什么长那么大，自然是因为它们整天偷吃粮仓里的粮食，饱食终日所致。

官仓鼠除了体格大以外，更神奇的还在后面呢。"见人开仓亦不走"，咦，人来了，打开了粮仓，老鼠居然不逃跑，这和我们传统的老鼠形象大相径庭。一般老鼠都是"小"而"怯"的，只敢在晚上偷偷摸摸出来弄点吃的，但凡看见人了，都会呲溜一下钻进洞里，怎么这回到了官仓一反常态，丝毫都没有担惊受怕的意思？

第三句"健儿无粮百姓饥"。"健儿"是指前方冒着生命危险守卫边疆的战士，"百姓"是指勤勤恳恳劳动的普通大众。整句意思是说前方的将士正苦于没有粮食，穷苦的百姓正在忍饥挨饿。那是一幅何等凄惨的图景，它和上面那只体形硕大的官仓鼠形象构成了鲜明的对比。一只只官仓鼠在粮仓里肆意偷吃粮食，吃得大腹便便，而真正需要粮食的人们却饿着肚子，那是怎样的一种不公？

无怪乎诗人在最后一句狠狠谴责了那一只只贪得无厌的老鼠："谁遣朝朝入君口？"是谁每天把粮食送到你的口里呢？这个问题问得貌似很奇

怪，谁会傻乎乎地把粮食送给老鼠吃呢？显然，诗人是在厉声质问那些看管粮仓的人，你们怎么就不好好地看管粮食，任由老鼠偷吃呢？再回到诗的第二句"见人开仓亦不走"，我们就更明白了，原来那些管粮人放纵老鼠偷吃粮食，久而久之，老鼠胆子越来越大，偷起粮食来有恃无恐，直至见到有人来也不逃跑了。

如此看来，诗人与其说是厌恶那些贪得无厌的老鼠，不如说是厌恶那些尸位素餐、不负责任的管粮人。我们说过，诗是一种含蓄的表达，托物言志也好，借景抒情也罢，都是点到为止，留给人们更多的是一种想象和思考的空间。诗人在这里斥责官仓鼠贪占本该属于前方将士和勤劳百姓的口粮，其实又何尝不是斥责那些以权谋私、贪婪奢靡、无所作为的官僚群体。

我们相信，诗人同时也在思索，是谁造就了这些不公？为什么人们无法改变这种不公？我们为什么不能将这些官仓鼠一扫而空，让健儿百姓得到他们所需要的粮食？听完诗人的愤懑之情，我们可能也会跟着诗人进行思索，也许同学们的心里会有一个自己的答案，也许你长大后，会有另一个更成熟的答案。

| 知识链接 |

下面两首讽刺诗,诗人分别讽刺了哪些现象,他们到底厌恶什么呢?

题临安邸

宋 林升

山外青山楼外楼,西湖歌舞几时休?
暖风熏得游人醉,直把杭州作汴州。

过华清宫

唐 杜牧

长安回望绣成堆,山顶千门次第开。
一骑红尘妃子笑,无人知是荔枝来。

第十五章
激 昂

　　严格来说,激昂应该不算一种感情,更多是一种情绪状态,可以理解为常说的"激动"。一个人可以因为高兴而激动,也可以因为悲愤而激动,诗人都是非常敏感的,自然也非常容易激动。你看,李白一激动,就对别人叫道:"五花马、千金裘,呼儿将出换美酒",为了能喝上美酒,衣服也不要了,交通工具(马)也不要了,反正咱今天喝醉了再说。王昌龄一激动,就大呼道:"黄沙百战穿金甲,不破楼兰终不还",战士们誓要击败敌人,凯歌而还,否则绝不归来!这是一种必胜的信念。岳飞一激动,就挥笔写道:"壮志饥餐胡虏肉,笑谈渴饮匈奴血",我要挥师北上,收复国土,我恨不得吃入侵者的肉,喝入侵者的血!

　　听了这些豪言壮语,你有没有热血沸腾?是不是仿佛看到了那一张张个性鲜明的脸庞,如身临其境一般。是的,激昂的情绪最能够感染人,如果在诗词里注入这种情怀,读起来也会让你迎面感受到一股火一样的热情。本章我们选的是唐朝著名诗人李贺写的诗。李贺生活在中唐时期,有"诗鬼"之称,他特别擅长写抒发理想抱负的诗,诗中感情充沛,让人感同身受。比如,下面这首《南园十三首·其五》:

南园十三首·其五

唐 李贺

男儿何不带吴钩，收取关山五十州。
请君暂上凌烟阁，若个书生万户侯？

南园是李贺家中读书的地方，南园组诗是他归乡期间创作的一系列诗，共有十三首，此为其中一首。诗人身在家乡，表面上享受着难得的清闲安逸，其实内心却不甘平庸，不断抒发着韶华易逝的感慨，他还有很多事想做，还有很多心愿想去实现。在这里，诗成了他叙说豪情壮志的方式。

这是一首带着激昂感情的诗，所以李贺在遣词造句上没有绵长的铺垫，第一句就说道"男儿何不带吴钩"。"吴钩"是春秋时期吴地所产的一种宝刀，用青铜锻造而成，为冷兵器时代的经典兵器。在诗里我们可以经常遇到这款"神器"，它被用来泛指军刀、佩剑等武器。李贺一开篇就气势十足，高声问道：好男儿为什么不带上你的宝刀呢？那么，他嚷着要拿宝刀干什么呢？可能很多小朋友都猜到了，热血男儿肯定是要驰骋疆场，杀敌立功吧。果然，诗的第二句就说道"收取关山五十州"。何为"关山五十州"呢？事实上，它代表着北方大批割据称雄的藩镇势力。

李贺所生活的是中唐时期，安禄山、史思明等人掀起的叛乱虽然平息了，但它带来了无法消除的后遗症——藩镇割据。简单地说，在平叛过程中，一些拥有军事实力的节度使掌握了地方大权，他们攫取当地的财富却不上缴中央，他们擅自任命地方官吏，甚至老节度使死了，还得有他儿子或下属接任，反正轮不到唐朝皇帝管，总而言之，那是一个个独立的小王国。在华北平原一带,有几个特别大的藩镇,一直威胁着中央政权。如此一来,唐朝其实就陷入了四分五裂的状态,国家虚弱不振。李贺有着忧国忧民的情怀,他希望能成为一名英武的将领,扫平藩镇,重整河山!

你是不是已经被李贺的报国热忱感染了呢?不忙,紧接着,李贺又说道"请君暂上凌烟阁",请你到凌烟阁上看一看吧!凌烟阁是唐太宗李世民为了纪念那些和他一起打天下的功臣而建的阁楼,里面绘有二十四名功臣的图像,人称"凌烟阁二十四功臣",长孙无忌、李靖、尉迟敬德、秦琼等都在里面,怎么样,个个如雷贯耳吧?可是,李贺带我们上凌烟阁去干什么呢?

李贺说:"若个书生万户侯?""若个",就是"哪个"的意思,"万户侯"是古代的一种爵位,在汉朝时期,被封为万户侯的人,可以享受一万户人家所上缴的租税。后来,随着时代变迁,万户侯倒未必真可享受万户人家的租税,更多的是代表一种地位。总而言之,那肯定是为国家立下大功勋的人才可以享受的尊荣。

原来,李贺是在自问,"你看看凌烟阁上的功臣,哪个万户侯是书生出身啊?"言下之意,他是要放下笔砚,跨上战马,赶赴疆场去实现理想。读到此,你是不是仿佛已经看到怒目圆睁、气愤填膺的李贺?是不是联想到了那个投笔从戎、率三十六骑闯西域的班超?是不是联想到了闻鸡起舞的祖逖?是不是联想到了杨炯的那句"宁为百夫长,胜作一书生"?何等豪气干云!

我们很多男孩子都有着一个英雄梦,希望自己成为横刀立马的将军,希望自己成为挥斥方遒的统帅,希望成为拯救世界的超人……有个豪迈的梦想都很好，不过现在还早，收好你的书包吧，明天还要上学呢。记住，不要把你的尺子、铅笔当成吴钩宝刀，在教室里杀来杀去，否则，你不但当不上万户侯，估计还得被老师罚站哦。

> **知识链接**

下面两首激情澎湃的诗你熟悉吗?

凉州词二首·其一

唐　王翰

葡萄美酒夜光杯,欲饮琵琶马上催。

醉卧沙场君莫笑,古来征战几人回?

狱中题壁

清　谭嗣同

望门投止思张俭,忍死须臾待杜根。

我自横刀向天笑,去留肝胆两昆仑。

诗人篇

第十六章
宣传委员骆宾王

经过前面十五章的学习,大家已经熟悉了诗的场景和感情。接下来,我们要介绍一下著名的诗人。为了方便大家记忆,我们的诗人将以与众不同的方式亮相。

同学们,如果有人问你,你班上的同学都有什么特点,你说得上来吗?我相信大家会低下头盘算起来,有调皮捣蛋的,有爱说爱笑的,有喜欢唱歌跳舞的,有喜欢跑跑跳跳的……确实,班上的每个同学都是独一无二的,每个班级都是一个万花筒。诗人群体其实也是一样,虽然他们写的都是一行一行的诗,但他们个性鲜明、天赋各异,同样的景致、同样的事物,甚至同样的情绪写出来的诗依然味道不同。诗人的作品都藏着诗人的处世态度,展现着诗人擅长的表现方式。一旦掌握了其中的奥秘,那些大诗人在你眼里,也会像同班同学那么熟悉。

格律诗最繁荣的时期是唐代,如果我们把唐朝的大诗人集中起来,凑成一个班级,那肯定非常热闹。如果我们再根据那些诗人的性格和作品特点,安排几个班干部,那就更有意思了。如果你是班主任,你觉得谁当班长合适?谁该当学习委员,谁可以做文艺委员?你们的答案先不要说,我呢,也估摸着编排了一套,本章先隆重推出第一个班干部——宣传委员骆宾王。

我们认识骆宾王，想必都是从那句"鹅、鹅、鹅"开始的。确实，这首《咏鹅》太有名了，你要是说自己不知道这首诗，都不好意思跟鹅打招呼。网上有个故事，一小朋友跟着妈妈去乘公交车，旁边站着一位阿姨，估计是赶着去上班，早饭吃得有点急，打嗝了。"呃，呃，呃……"阿姨很不好意思地打了三个饱嗝。结果，小姑娘跟着就念道："曲项向天歌，白毛浮绿水，红掌拨清波。"

要说这位小朋友，你也太好学了。

笑话听完，我们讲个严肃点的故事。大唐光宅元年（684），唐朝的最高统治者武则天收到了一封檄文。所谓"檄文"，就是用来声讨或者揭发罪行的文书。檄文的名称叫《讨武曌檄》，翻译成现在的话就是"骂一骂武则天"。当时，武则天大权在握，不断打压李唐皇族，眼看就要登基称帝，一些忠于唐朝皇室的人不服气，就和她对着干，徐敬业正是其中的一个。徐敬业是英国公李勣的孙子，因祖上被赐姓李，所以又称李敬业，他在扬州起兵反抗武则天统治，志在匡扶李唐王室。骆宾王赞成徐敬业的主张，并在军中负责文书工作，那篇著名的骂人文章就是出自他的手笔。要说骆宾王的文笔实在是太牛了，武则天看了那篇骂自己的文章，居然没有火冒三丈，还觉得骆宾王实在是个人才，没有为己所用实在太可惜。

宣传工作做到这种境界，骆宾王可谓前无古人、后无来者。可回首这位天才诗人的一生，却令人唏嘘。骆宾王出生于唐武德二年（619），父亲去世后家道中落，曾一度穷困潦倒，直到三十多岁，才谋到一个小官。唐高宗仪凤四年（678），六十岁的骆宾王因触怒武则天而被下狱，出狱后不久，他加入了徐敬业讨伐武则天的大军。他所支持的徐敬业起兵失败了，徐敬业兵败身死，骆宾王也在战乱中下落不明。有人说骆宾王战死了，也有人说他找了个地方躲了起来，还有人说他做了和尚。只可惜一代才子，像流星一样消失在了历史星空中。

我把骆宾王当作"宣传委员"，不仅因为他写了这篇有名的宣传檄文，更因为他敢说敢写的行事风格。事实上，骆宾王真是个直肠子，见到不平的事情，就会毫无顾忌地说出来，即使给自己带来危险也毫不退缩。他的诗也沾染上了这种性格，总是刚硬、深沉，透着一股不肯低头的倔强。比如，下面这首《于易水送人》，充分体现了他的作品特点，我们不妨来欣赏一下。

于易水送人

唐　骆宾王

此地别燕丹，壮士发冲冠。
昔时人已没，今日水犹寒。

易水，也称易河，位于我国河北省境内，这首诗是诗人在易水送别友人时写的。"燕丹"是指战国时期燕国的太子姬丹，他为了阻止秦国统一六国，派刺客去刺杀秦王。诗里的壮士，则是指著名的刺客荆轲。前两句里，骆宾王回忆起悲壮告别的情景。我们知道，荆轲纵然勇敢，但最终还是没能完成任务，不幸血洒秦国朝堂。骆宾王把荆轲看作英雄，所以回到现实，他不免发出感叹：过去的英雄已经消失了，但今天的易水还是那样凄寒。

其实，骆宾王的经历不逊荆轲，早先他因为批评朝政，被人诬陷关进了大牢,好不容易放出来,他又决定踏上征途,寻找政治上的志同道合者,准备为自己的信念重新投入战斗。就在六年后,他加入了反抗武则天的军队……然而,那篇激情飞扬的檄文,竟然成为他人生的绝唱。

抛开政治上的是非对错,我们不由要说,骆宾王终归是骆宾王,他注定要做那只"曲项向天歌"的白鹅,而不是低头觅食的灰鸭。

> 知识链接

骆宾王和王勃、杨炯、卢照邻并称"初唐四杰",下面两首王勃和杨炯的名作你听说过吗?

送杜少府之任蜀州
唐　王勃

城阙辅三秦,风烟望五津。
与君离别意,同是宦游人。
海内存知己,天涯若比邻。
无为在歧路,儿女共沾巾。

从军行
唐　杨炯

烽火照西京,心中自不平。
牙璋辞凤阙,铁骑绕龙城。
雪暗凋旗画,风多杂鼓声。
宁为百夫长,胜作一书生。

第十七章
组织委员贺知章

在唐朝诗人班级里,有才华、有个性的同学太多了,贺知章恐怕很难出众,《全唐诗》里收录他的诗也不多,只有十九篇而已,比起高产的李白同学和杜甫同学,相差实在太远。但大家对贺知章都很熟悉,每当春暖花开时节,小朋友一看到柳树,马上会想到他的那首《咏柳》。

翻一翻唐朝诗人的履历,我们会发现一个现象:很多诗人命运坎坷,一生难言幸福。比如,我们熟知的"初唐四杰"中,卢照邻饱受疾病折磨,郁郁而终;王勃因言获罪,溺水而亡;骆宾王参与兵变,下落不明;杨炯算是命运相对好点的,做过一段时间的小官,但后来也被贬了,一直郁郁不得志。然而,我们今天要说的贺知章恰恰相反,他一路走来顺风顺水,过得非常滋润,故而,他的诗也是朴实真挚,少有凄婉哀伤的格调。

贺知章从来都是一个乐天派,总是一副乐呵呵的与世无争的样子,平常喜欢开开玩笑,结交各路朋友。在唐玄宗时期,他深受皇帝和皇太子的信任,先后担任过太常博士、礼部侍郎、太子宾客等官职,享尽荣宠。发生在贺知章身上最有趣的一件事是"爬墙事件"。那时候,贺知章正担任礼部侍郎,有一年,唐玄宗李隆基的弟弟岐王李范去世了,举办葬礼的时候要安排几个贵族少年担任"挽郎",去负责牵引灵柩。做挽郎可不是丧气的事情，而是一个美差。因为等丧事办完了，这几个"挽郎"将被安排官职，有这种好事，谁不抢着干？而选拔"挽郎"的事正好归贺知章管。但是大家都抢着干，僧多粥少，贺知章怎么都摆不平，最后还是得罪了一批人。那些没当上"挽郎"的人就到贺知章家里去闹，吓得贺知章爬到了墙上。贺知章已经够狼狈了，可人家还是不肯罢休，就在墙下面等着要说法。贺知章被逼得没办法，竟可怜兮兮地对下面的人说："听说宁王也快不行了，大家先回去，下次还有机会呢！"你瞅瞅，这是一幅多么哭笑不得的场面。这话要是传到宁王的耳朵里，还不从病床上爬起来找他算账？

或许正是因为贺知章的淳朴、洒脱，所以上到皇帝、太子，中到官场同僚，下到市井小民，都乐意接受这个风趣幽默的人，当时的很多文人贤士都很仰慕他，甚至连李白都甘心做他的粉丝。好人缘使得贺知章被后人编入许多耀眼的文坛黄金组合，他和张若虚、张旭、包融并称"吴中四士"，与李白、张旭等并称"饮中八仙"，又与陈子昂、宋之问、王维等并称为"仙宗十友"。你看，人家的朋友圈多么炫目！贺知章在朝廷混迹五十年，直到八十六岁才告老还乡。临走时，唐玄宗和太子还亲自写诗为他送行。人缘好成这样，你服不服？所以，唐朝诗人班里的组织委员非他莫属。

白发苍苍的贺知章回到了家乡，又见到了熟悉的家乡山水，他触景生情，写了两首《回乡偶书》，编入课本的那首我们不再赘述，现在我们讲第二首。

回乡偶书·其二

唐 贺知章

离别家乡岁月多，近来人事半消磨。

惟有门前镜湖水，春风不改旧时波。

这首诗其实是第一首诗的续集。"离别家乡岁月多"，贺知章感慨，自己离开家乡的日子太久了。他在第一首《回乡偶书》里已经说过，"少小离家老大回"。是啊，整整五十多年了，离开时还是意气风发的青年，回来已是霜华满鬓的老翁。贺知章回来了，他看到了家乡的许多变化，所以吟诵出了第二句："近来人事半消磨。"到底发生了哪些变化，我们不得而知。或许，诗人记忆中的"人和事"已经"消磨"去了昔日的印记。村旁的小柳已经长成了挺拔的大树，村里的孩童已经长大成年，道路桥梁已经修葺一新，一切，都是一番新的景象……

斗转星移，物是人非，事物随着岁月的流逝而变，那么什么没变呢？贺老把目光转到了那汪湖水。"惟有门前镜湖水，春风不改旧时波"，只有家门前那片湖水，依然是那样平静，依然那样清澈。春风吹过，湖面漾起一丝丝涟漪，还是以前的样子，就像一切都没发生过一样，一如我离去时那样。只是那个昔日在湖边嬉戏的儿童，那个在湖边苦读的少年已经不在，我再低头向湖中望去，湖水中有一个老者的倒影。

年迈的贺知章独自站立在波光粼粼的镜湖旁，他在想什么？他在怀念什么？他会想起那段爬墙的趣事吗？以他的豁达性格，肯定会抱以会心的一笑吧。

> 知识链接

贺知章的两首经典诗,我们一起温习一下吧。

回乡偶书·其一

唐　贺知章

少小离家老大回,乡音无改鬓毛衰。

儿童相见不相识,笑问客从何处来。

咏柳

唐　贺知章

碧玉妆成一树高,万条垂下绿丝绦。

不知细叶谁裁出,二月春风似剪刀。

第十八章
劳动委员贾岛

前面我们介绍了乐呵呵的贺知章,这回我们讲一个终日愁眉苦脸的诗人——贾岛。在唐朝诗人的班级里,我把劳动委员的头衔给了贾岛,并不是说他特别爱打扫卫生,而是因为他的创作过程总是特别辛苦。贾岛曾经用诗来描述自己的创作历程,称为"两句三年得,一吟双泪流"。为了创作一句满意的诗,他能琢磨上两三年,一念出来,自己都被感动得流泪了。

贾岛出生于唐代宗大历十四年(779),早年他曾经参加科举,但一连几次都没考上,生活穷困潦倒,一度只好入寺当和尚。贾岛性格内向孤僻,不喜欢和人交往,既自卑又有点清高,从这点上看,贾岛简直就是贺知章的反义词。在寂寞清贫的生活中,诗成了贾岛唯一的朋友,他甚至痴迷到吃饭睡觉的时候也想着写诗。苦苦创作的贾岛最终成了唐代"苦吟派"诗人的代表,他的诗风格清瘦孤峭,读起来都带着"苦"味。唐代还有一个苦吟派诗人就是孟郊,关于他的经历我们之前也介绍过了。孟郊有个外号叫"诗囚",贾岛的外号叫"诗奴",一个囚徒,一个奴隶,没想到这样的词汇居然用在了诗人的身上。

留在贾岛身上的最著名的典故,是关于"推敲"的故事。说是贾岛有一天骑着毛驴赶路,边走边想着诗句,他想到了一句"鸟宿池边树,僧推月下门"。心中开始纠结"僧推月下门"的"推"字是不是该改成"敲"字。一会儿"推",一会儿"敲",琢磨诗句入迷的贾岛不小心冲撞了一顶官轿。被冲撞的官员不是别人,正是诗人韩愈。韩愈不但没责罚他,还和他一起研究起诗句来,最后帮贾岛拍了板,还是选"敲"字比较好!贾岛不但结束了纠结,还因此结识了韩愈。

在苦命的贾岛身上,这是难得的一个温馨片段。可惜的是,经考证,这个片段很可能是后人杜撰的。真实的情况依然很苦,贾岛确实冲撞过一个官员,但并不是韩愈,而是权臣刘栖楚。刘栖楚一点也不温柔,别说共同探讨诗句了,他居然把贾岛送到牢里拘禁了一晚上。可怜的贾岛,最终也没能摆脱一个苦字。

回过头来,我们还是学习一下贾岛苦吟出来的诗吧,那首著名的《题李凝幽居》,名句"鸟宿池边树,僧敲月下门"正出于此诗。

题李凝幽居

唐 贾岛

闲居少邻并,草径入荒园。
鸟宿池边树,僧敲月下门。
过桥分野色,移石动云根。
暂去还来此,幽期不负言。

贾岛前去拜访朋友李凝,但没有遇到友人,看见旁边的景致不错,有感而发写了这首小诗。这回我们第一次引用了八句的律诗,所以要插播一个有关律诗的小知识。律诗共有八句,我们把每两句称为一联,第一二句称为首联,第三四句称为颔联,第五六句称为颈联,第七八句称为尾联。律诗的颔联、颈联一般有对仗的要求,首联则可对可不对,尾联一般不对仗。

首联(即第一二句)"闲居少邻并,草径入荒园"。"邻并"就是"邻居","草径"就是"杂草丛生的小路","荒园"就是荒芜破败的庭院。贾岛告诉我们,李凝的居处是一派幽静的景象。一个小房子孤零零地伫立在园子里,眼前只有一条长满荒草的小路。一看就知道,贾岛的这位朋友也是个隐士。

颔联(第三四句)正是那句历来广为传诵的名句,"鸟宿池边树,僧敲月下门"。从诗句的内容上看,当时的时间应该是晚上,或者说贾岛等待友人一直等到了晚上。明月高照,万籁俱寂,诗人看到远处池子边的树上,鸟儿已经归巢安睡,一个僧人正步履匆匆地赶回寺庙,此时寺庙已经大门紧闭,僧人轻轻地叩了几下门,希望里面有人能听到,为他开门。或许他轻微的敲门声惊扰了池边的鸟儿,引起一阵叽叽喳喳的叫声。这句描写,以动写静,颇有"蝉噪林逾静,鸟鸣山更幽"的味道。

既然没有等到朋友,那还是回去吧。颈联(第五六句)"过桥分野色,移石动云根",写的是诗人在回去的路上,走过一座小桥,见到一片原野,天空中还能看到片片云朵飘移。在这里,贾岛又拿出刻苦钻研的劲头,对字句进行了精心雕琢。现实中,云是移动的,山石则是静态的。而在贾岛的笔下,云成了静态的参照物,石头反而成了活动的物体,成了白云的"根"基。

尾联(第七八句)"暂去还来此,幽期不负言"则是贾岛的感慨,我只是暂时离开此地,不久后还将归来!贾岛归来干什么呢?是继续寻找老朋友李凝吗？我们可以给出肯定的回答，但也未必如此简单。最后一句"幽期不负言"中的"幽期"可以理解为"远离尘世的安静岁月"。"不负言"是指不辜负谁的话呢？自然是贾岛内心的承诺，他在现实生活中孤苦不得志，不想再继续挣扎下去，看了朋友的幽居，也想找一个如此清静的地方，做一个与世无争的隐士。

贾岛说完了，我却不得不再补充一句，咱们可以佩服贾岛的钻研精神，但还是要提倡快乐学习，从学习中发现乐趣。我相信，刚才的景色如果让贺知章、李白来写，肯定是另一番味道。接下来我们要说的一个诗人，他同样擅长写清幽的景色，但是因为他凝注的感情不同，写出来的味道也不一样。

> 知识链接

两首贾岛的诗,你记得吗?

寻隐者不遇

唐 贾岛

松下问童子,言师采药去。

只在此山中,云深不知处。

题诗后

唐 贾岛

两句三年得,一吟双泪流。

知音如不赏,归卧故山秋。

第十九章
生活委员孟浩然

我决定把生活委员的头衔授予诗人孟浩然。"生活委员"这个名号估计在寄宿制学校里经常出现吧,主要职责应该是管理同学们的生活事务。不过孟浩然能评上生活委员可不是因为擅长管理别人,而是因为他特会享受生活。比如,他的那首《春晓》,大家都会背:"春眠不觉晓,处处闻啼鸟。夜来风雨声,花落知多少。"肯定是孟浩然春睡过头时写的。

唐永昌元年(689),孟浩然生于襄州襄阳(今湖北襄阳),他的故乡有着一个悠久的传统——隐居。熟悉三国历史的小朋友该知道,大名鼎鼎的诸葛亮、司马徽正是那个地方的人,他们都喜欢隐逸在山林里,追求平淡的生活。孟浩然似乎也受到了故乡山水的熏陶,天生一派隐士风范,整天喜欢找人聊天、喝酒,或者骑着毛驴寻找创作灵感,至于参加科举考试、当官之类的事情,根本看不上眼。

孟浩然的随性生活了大概二十年,到四十岁的时候,他不得不去找工作了,于是来到京城参加科考。孟浩然虽然才华横溢,但对于考试很不上心,结果名落孙山,只能继续过着不着调的生活。其实,孟浩然也不是没有改变自己命运的机会,只是大好机会都被他任性地挥霍了。比如,有一次,孟浩然到好朋友王维的官署里去玩,两人正聊得开心,突然皇帝李隆基过来了，孟浩然只好钻到床底下躲起来。后来王维不敢隐瞒，还是把实情说了。李隆基倒也没生气，反而想见见小有名气的孟浩然。于是，孟浩然就灰头土脸地从床底下钻了出来。李隆基当场表示要听一听他作的诗，孟浩然想了一会，奉上了一首《岁暮归南山》，一听名字，你就知道，又是要归隐的老调调，里面还有一句"不才明主弃，多病故人疏"。什么叫"明主弃"？你这不是说皇帝不识才吗？李隆基当场就不高兴了，自然，孟浩然的事情也黄了。王维当时心里一定在想，你小子缺心眼啊，哪怕那首《春晓》也比这个强吧？

还有一次，孟浩然的好朋友襄阳刺史韩朝宗想把他带到朝廷推荐一下，为他谋个官职。可临出发那天，孟浩然和朋友们喝酒喝得昏天暗地，把正事给忘了，人家还提醒他，别喝了，你今天已经和韩刺史约好了。老孟一点都不介意，大声说道："酒都喝上了，还管那事干什么？"很多人听了这个故事都会怀疑，这酒有那么好喝吗？难不成比命还重要？

你还别和孟浩然抬杠，在他的眼里，享受生活还真的比命重要。晚年的孟浩然生了一种毒疮，医生再三告诫他，得了这种病，千万不能吃海鲜水产，否则有性命之忧。开元二十八年（740），大诗人王昌龄来襄阳拜访孟浩然，老朋友过来，孟浩然非常开心，两人把酒言欢，一顿胡吃海塞。孟浩然兴致一上来，早把医生的嘱托忘光了，什么大鱼小虾，尽管上来。结果，没过几天，孟浩然因毒疮复发而死。那一年，他才五十二岁。

孟浩然一生随性洒脱、至情至性，他的诗风也是清新自然，充满生活气息，我们与其说他不懂人情世故，倒不如相信，他的内心还是更向往平淡的田园生活。今天，孟浩然路过一个小村庄，为我们带来了一首无比优美的田园诗。

过故人庄
唐　孟浩然

故人具鸡黍，邀我至田家。
绿树村边合，青山郭外斜。
开轩面场圃，把酒话桑麻。
待到重阳日，还来就菊花。

"过故人庄"，一听题目就知道，浩然兄又去找朋友喝酒聊天去了，酒到诗到，一气呵成。孟浩然写这首诗的时候甚至不像是在搞文学创作，而是在向我们平淡地讲述那天的经历。

首联"故人具鸡黍，邀我至田家"。黍（shǔ）就是黄米饭，你看，老朋友为我准备了鸡肉和黄米饭，邀请我到他的田园做客。"绿树村边合，青山郭外斜。"孟浩然欣然赴约，走进村里，看见小村四周绿树环绕，墙外青山横卧连绵，有山有树，一片令人心旷神怡的绿色。在他看来，如此优雅的环境，要比车水马龙的闹市舒服多了，只有在这里，才可以舒缓紧绷的神经，舒畅地享受生活。

颈联"开轩面场圃，把酒话桑麻"中有几个字要说明下，"轩"就是窗户，"场"就是农村的打谷场，"圃"则是菜园子。当时，很多农家小院都有这些设施，村民自己种粮打谷，自己种菜烧菜，虽然简单，但是自给自足、自得其乐。"桑麻"指种桑树和植麻，这里泛指农家事务。这句诗里，孟浩然谈了进入朋友家中以后的情景。孟浩然和朋友一起坐在窗边，打开窗户，品味着院子里的乡土气息，边喝酒边谈论着农事，优哉游哉。

尾联"待到重阳日,还来就菊花",孟浩然被悠闲的农村生活深深吸引了,甚至有点想赖着不走。当然,你不能真的赖着不走,要不人家的鸡也被你吃光了,酒也被你喝光了,那可不行。于是他向朋友表示,等到了重阳节的时候,我还要再来品酒赏菊花。古人在重阳节有登高、赏菊、喝菊花酒、插茱萸的习俗,孟浩然就等着那天再来蹭酒喝呢。

读了孟浩然的诗,是不是觉得特别自然流畅,读起来一点都不别扭,没有哪一个句子是刻意雕琢过的。这是田园诗的风格,也是孟浩然的风格。

知识链接

下面两首孟浩然的诗,你听说过吗?

送朱大入秦

唐　孟浩然

游人五陵去,宝剑值千金。
分手脱相赠,平生一片心。

宿建德江

唐　孟浩然

移舟泊烟渚,日暮客愁新。
野旷天低树,江清月近人。

第二十章
学习委员王维

同学们可能会发现,自己身边的有些同学,总是特别优秀,语文、数学、英语门门满分,音乐、书法、绘画次次拿奖,连参加个运动会,也总是拿冠军,各类荣誉奖状拿到手抽筋,真是让人羡慕嫉妒恨。在唐朝诗人班里,也有一个这样的学霸,他就是我们的学习委员——王维。

唐武则天长安元年(701),王维生于河东蒲州(今山西运城)。作为诗人学霸,他的家庭环境可不一般。王维的爷爷王胄曾经担任朝廷乐官,虽然爷爷没能直接指导王维,但他的弟子却成了王维的免费家庭音乐教师。王维的母亲崔氏擅长绘画,于是小王维又多上了一个绘画辅导班。至于王维的父亲,负责王维的主课——诗文教学。如此一来,王维的辅导班就齐全了。当然,有些同学听了可能会不服气,才三个辅导班?咱们奥数、作文、英语、钢琴、跆拳道、羽毛球,王维的项目还不到我的一半呢。

在家人悉心培养下,王维终于成了音乐、绘画、文章等样样精通的全能选手。然而出色的才华并没有给他带来一帆风顺的生活,恰恰相反,他的一生跌宕起伏,充满戏剧性。

二十岁左右的时候,王维凭着出色的音乐才华结识了岐王李范和玉真公主(唐玄宗的妹妹),不久,他又考上进士,担任了朝廷的太乐丞(负责礼乐的官）。可好日子没维持多久，王维就遇到了人生中的第一次挫折，在一次王维参加的皇室宴会上，有表演人员舞起了黄狮子。这可是一个严重的政治问题，因为黄狮子是只有皇上才可以观赏的节目。结果，所有参与宴会的人都受到了责罚，王维也被贬成了济州司仓参军，瞬间由一个高雅的京城官员变成了地方上的仓库管理员。

开元二十三年（735），大诗人张九龄出任宰相，英雄惜英雄，王维回到京城，被拔擢为右拾遗。可好景不长，才过了一年多，张九龄失势了，李林甫成了宰相，王维又被打发出了京城，担任河西节度幕府判官，一下被赶到了边远的凉州。

开元末年，王维再次回京当官，王维在京城的幽静处修建了一幢别墅，打算过几年抚琴赏花的悠闲生活。可老天偏不让他安静，天宝十四年（755），"安史之乱"爆发，叛军攻陷长安，五十五岁的王维成了叛军俘虏，为了生存，他被迫出任伪职。战乱平息后，王维立刻被捕下狱，朝廷要按叛徒罪处置他。王维觉得自己很憋屈，他只是个小角色，也没帮叛军干什么坏事，仅仅为了活命而已，为什么要这样对待我呢？可人家并不买账，你说你是被迫的，有证据吗？还好，王维还真拿出了一份证据，那是他被俘时创作的一首题为《凝碧池》的诗，诗里抒发了王维痛惜亡国、思念朝廷的感情。没想到，诗还真成了王维爱国的证据，关键时刻救了他一命，最终，王维被免去一死。

较为讽刺的是，王维能躲过一个个劫数，并不是因为他的多才多艺，而是他"佛系"的性格。王维名"维"，字"摩诘"，这个名字听起来很奇怪，其实它出自佛教用语，"维摩诘"是一个印度高僧的名字，母亲把高僧的名字拆了开来，分别做了王维的"名"和"字"。事实上，起名字这事情还真的很玄，王维在一生的起起伏伏中，一直处变不惊，看到山水就写山水诗，来到边疆就写边塞诗，没有怨天尤人，也没有自暴自弃，完全像个佛系的存在，难怪他还混到了一个"诗佛"的雅号。唐肃宗上元二年（761），六十一岁的王维溘然长逝。临终时，他居然能思路清晰地向亲友一一作书辞别，写完后才安然离世，淡定得让人啧啧称奇。

王维在才艺上是个多面手，在诗歌创作上也一样，绝句、律诗、边塞诗、田园诗都不在话下。但是他最出名的还是描写空灵景致的山水诗，这些山水诗从骨子里透着一股恬静、平和，读来让人飘飘欲仙。比如下面这首《山居秋暝》。

山居秋暝

唐　王维

空山新雨后，天气晚来秋。

明月松间照，清泉石上流。

竹喧归浣女，莲动下渔舟。

随意春芳歇，王孙自可留。

《山居秋暝》是王维最具代表性的作品，"暝"是昏暗的意思，可以理解为黄昏。全诗描写的是秋天傍晚的山间景色。现在，让我们一起走进王维的山间小屋，看看佛系诗人的居住环境吧。

"空山新雨后，天气晚来秋。"那是一个秋天的傍晚，一场新雨过后，空旷的山谷清新怡人。也许是佛系精神深入了骨髓，王维写诗特别喜欢用"空"字，"山路元无雨，空翠湿人衣"（《山中》），"空山不见人，但闻人语响"(《鹿柴》),"人闲桂花落,夜静春山空"(《鸟鸣涧》),左一个空,右一个空,真有点万念皆空的味道。

"明月松间照,清泉石上流。"此时,一轮明月已经挂上天空,轻盈的月光照在松树间,山中的清泉缓缓流出,淙淙流水掠过块块山石。月光和泉水是清澈的,松树和山石是安静的,在王维眼中,这又是一幅安静祥和的画面。

"竹喧归浣女,莲动下渔舟。"到了颈联,诗中终于出现了一点动感的画面。远处竹林里归来了几位洗完衣服的姑娘,莲叶浮动,叶子间驶出了一艘艘渔船。"喧"就是喧闹,"浣女"就是洗衣女子,所谓"竹喧归浣女",想必是晚归的姑娘们在路上说着白天的趣事,欢声笑语在竹林间回荡。青竹、莲叶、单纯的姑娘、朴实的渔人,虽然画面中有动感,但传递给我们的依然是一种悠闲淳朴的生活气息。

"随意春芳歇,王孙自可留。""春芳歇"意指春天的美景已经消逝了。最后一句的"王孙"并不是指王公贵族,而是指代隐居者或者朋友。王维在感慨,不经意间,春天已经过去了,但眼前的秋景还是值得人们品味留驻。

其实,春天何尝不是王维逝去的年华,眼前的秋景何尝不是王维对隐居生活的向往。

> **知识链接**

王维的诗空灵飘逸,下面两首也很典型,你接触过吗?

山中

唐 王维

荆溪白石出,天寒红叶稀。

山路元无雨,空翠湿人衣。

鹿柴

唐 王维

空山不见人,但闻人语响。

返景入深林,复照青苔上。

第二十一章
文艺委员李商隐

要在唐朝诗人班级里推选一个文艺委员,并不是件容易的事情,因为大多数诗人都很"文艺",琴棋书画、吹拉弹唱都难不倒他们。思来想去,我还是决定把文艺委员的帽子送给晚唐诗人李商隐。没错,就是那位和杜牧合称"小李杜"的李商隐。

选李商隐做文艺委员是基于他的诗歌创作风格,李商隐的诗特别讲究,文辞优美,含蓄精致。如此一说,可能同学们又会有疑问,很多诗句都非常优美,为什么偏偏强调李商隐啊?事实上,李商隐的诗风独树一帜,他的诗有着浓郁的骈文风格。所谓"骈文",我们又称骈丽文、骈偶文。骈文特别讲究字与字、句与句之间的对仗,喜欢用华丽的辞藻和大量的典故。如果大家背诵过王勃的《滕王阁序》就有体会,它的句法以四字句、六字句为多,通篇用典,非常雅致精巧。更有趣的是,李商隐的骈体诗经常不显露主题,让人读了以后感觉云里雾里。照理说,一首诗如果让人主题都摸不着头脑,肯定不能算一首好诗。但是,李商隐的诗偏偏有一种神奇的魔力,让人如坠云里,却又有着朦朦胧胧的美感。总之,他的诗更像是一件华丽的工艺品,玲珑剔透、意味深长,可以让人在手里不停地把玩,百看不厌。

李商隐之所以会形成如此特别的创作风格，和他的成长经历有关。唐宪宗元和八年（813），李商隐出生在郑州荥阳（今河南郑州荥阳市）一个小官僚家庭，在他还年幼的时候，祖父、父亲就相继病逝了，李商隐跟随母亲过着清贫的生活，不但要读书学习，还要干点体力活补贴家用。在压抑的生活条件下，他的性格变得异常敏感、怯懦，只喜欢一个人孤独地思考，尤其喜欢钻研各类古文，年纪轻轻就写得一手好骈文。

李商隐是个特别不擅长处理人际关系的人，然而造化弄人，这个单纯的书生却又偏偏卷入了复杂的党争旋涡，且一生都未能摆脱其影响。李商隐一度受到诗人令狐楚的赏识，令狐楚还将自己的儿子令狐绹介绍给李商隐认识，李商隐能够进士及第就归功于令狐家族的推荐。偏巧，李商隐后来又得到了泾原节度使王茂元的赏识，还做了王茂元的女婿。晚唐时期，牛李党争异常激烈，李商隐的恩人令狐楚属于"牛党"成员，而他的岳父王茂元则属于"李党"成员。于是，在众人眼里，李商隐成了一个见利忘义、首鼠两端的小人。在党争的裹挟下，李商隐经常被排挤到边远地区做个小官，他一直孤独地生存着，写诗成了他诉说委屈的唯一渠道。唐大中十二年（858），感叹着"夕阳无限好，只是近黄昏"的李商隐在郑州病故，年仅四十五岁。

李商隐的诗和他的人一样，意蕴丰富却不外露。那些精美的文字就像遮住美女面庞的薄纱，让你无法看清全貌，捉摸不清背后的喜怒哀愁。今天我们要说的这首诗，名字就叫《无题》。

无题

唐 李商隐

相见时难别亦难,东风无力百花残。
春蚕到死丝方尽,蜡炬成灰泪始干。
晓镜但愁云鬓改,夜吟应觉月光寒。
蓬山此去无多路,青鸟殷勤为探看。

李商隐究竟想写什么,都得靠猜。很多人认为,这是一首爱情诗。乍一听,同学们可能会觉得很奇怪,怎么让我们学一首情诗呢?不急,在我看来,爱情本来就是文学永恒的主题,也不需要避讳什么。更何况,李商隐的作品并非单纯的情诗而已。

这首诗是以一个女性的视角来写的,诵读这首诗,更像是在听一个女子细声诉说。"相见时难别亦难",因为现实的阻隔,情人之间相见很难,分别时,心有不忍,更是难上加难。李商隐用两个"难"字,轻巧地勾勒出情人之间分离时渴望相见、相见后害怕分离的纠结心理。"东风无力百花残",笔触突然转到了景色,东风绵软无力,百花纷纷凋谢,人们无法挽留逝去的春光,只能徒留叹息。这正如情人之间的别离,只能看着对方远去,无法长相厮守。在李商隐的笔下,感情和景色的连接显得严丝合缝,不着一点痕迹。

李商隐的很多诗句因为精于雕琢而流传不衰,比如"身无彩凤双飞翼,心有灵犀一点通""夕阳无限好,只是近黄昏"等。此诗的颔联"春蚕到死丝方尽,蜡炬成灰泪始干"也是经典名句。"春蚕到死丝方尽"中的"丝"字与"思"谐音,女子告诉人们,对情人的思念就像春蚕一样,直到生命逝去才会停止，就像蜡烛一样，直到化为灰烬才会停止流泪。现在，人们不仅用这两句诗来描写感情，还会用来表达一个人的奉献精神。是的，这就是李商隐的诗句，他能让人从各个角度去品味琢磨。

"晓镜但愁云鬓改，夜吟应觉月光寒"，女人的诉说开始愈加具体。"晓镜"是早上的镜子，云鬓指"女子的鬓发美丽如云"。早上梳理头发的时候，我发现自己容颜已改，青春不再。古人照镜子的时候总是容易感伤，比如李白的"不知明镜里，何处得秋霜"，张九龄的"谁知明镜里，形影自相怜"，等等。而女人对于容颜的变化自然更加敏感。"夜吟应觉月光寒"则是女子在想象自己的另一半：他若夜不能寐，起床吟诗的时候，是否会感到月光的寒冷？

"蓬山此去无多路，青鸟殷勤为探看。"最后，女子将思念寄托到想象之中，"蓬山"是传说中的神山，它在大海之中，为仙人居住的地方。"青鸟"是传说中的三足神鸟，它是替西王母传信的使者。她在哀叹："去蓬莱仙山没有道路可走，只好请青鸟代替我传递讯息了。"

这就是李商隐的诗，一千个人可以有一千种理解，或许你读了之后，会有另一番感悟呢。

> 知识链接

下面两首李商隐的诗也很有名,不妨一学。

夜雨寄北

唐 李商隐

君问归期未有期,巴山夜雨涨秋池。

何当共剪西窗烛,却话巴山夜雨时。

登乐游原

唐 李商隐

向晚意不适,驱车登古原。

夕阳无限好,只是近黄昏。

第二十二章
体育委员杜牧

在我们的印象中,诗人大多是文质彬彬的书生。但凡事都有例外,今天我们要说的这位诗人,他喜欢舞枪弄棒,梦想驰骋沙场,做个军事家。因为他的这份特殊志向,我让他做了唐朝诗人班级里的体育委员,他的名字叫杜牧。

杜牧,字牧之,唐德宗贞元十九年(803)出生,京兆府万年县(今陕西西安)人。杜牧的爷爷名气不在杜牧之下,他叫杜佑,曾经当过宰相,同时还是一位著名的史学家,他所著的《通典》是我国典章体史书的代表作。杜牧的父亲也官至驾部员外郎,所以说,小杜牧出身富贵之家,小时候过着那种养尊处优的生活。小杜牧很好地遗传了家族中的读书基因,文学才华出众。但是,他最感兴趣的事情并不是文章诗句,而是带兵打仗,没事总喜欢琢磨那些兵器甲胄、兵法计策之类的事情。此时的唐朝属于中唐晚期,藩镇割据、宦官乱政的弊病越积越深,年轻的杜牧满怀报国热忱,希望能干出一番惊天动地的事业。可真应了"理想很丰满,现实很骨感"那句话,杜牧通过科考后一直只能做个芝麻小官,别说建功立业了,养活自己都够呛。

太和七年(833),杜牧辗转来到扬州,在淮南节度使牛僧孺麾下当了一个节度推官。唐朝时的扬州是数一数二的繁华城市，报国无门的杜牧干脆纵情声色，在酒杯和美景里打发自己的时光。可是，才子就是才子，即使沉醉享乐也掩饰不住他喷薄而出的才华，花街柳巷里同样留下了杜大才子的许多佳作，"二十四桥明月夜，玉人何处教吹箫""春风十里扬州路，卷上珠帘总不如""南朝四百八十寺，多少楼台烟雨中"……杜牧一不靠颜值，二不靠炒作，受追捧程度，却不亚于现在的流量小生。享受归享受，杜牧离自己的理想却是越来越远，即使后来回到了朝廷，依然没什么大起色。杜牧四十岁的时候，朝廷是李党首领李德裕当权，杜牧因为和牛党领袖牛僧孺关系亲密，也被当成了牛党成员，外放为黄州刺史，直到七年后才重新回京城当官。岁月冷却了杜牧的热血，沉淀了杜牧的理想，至此，杜牧封侯拜将的愿望彻底成了空想。一张拉弦如满月的弓箭，却自始至终没发射出去。太中六年（852）的一个冬天，杜牧在长安病重逝世，享年五十岁。

受家学影响，杜牧精通历史，善于在历史中寻找现实社会的弊病，他把历史感怀融入了诗歌创作中，写出了很多经典的咏史怀古诗，前面提到的《题乌江亭》正是其中一首。而今天，我们要跟着杜牧的思绪，来到另一个古战场，听听历史的回声。

赤壁

唐　杜牧

折戟沉沙铁未销，自将磨洗认前朝。
东风不与周郎便，铜雀春深锁二乔。

无论是在《三国演义》中，还是真实的历史中，赤壁之战一直是最浓墨重彩的一笔。孙刘联军在此用火攻打败曹操，最终奠定三足鼎立格局。年轻的东吴将领周瑜一战成名，成为著名的英雄人物。杜牧路过赤壁，有感六百年前的那场激烈战争，不禁文思飞扬。

"折戟沉沙铁未销，自将磨洗认前朝"，杜牧的感慨从一件遗留下来的兵器开始。折断的战戟沉没在泥沙中，岁月并未将它销蚀，我将它磨洗一番后，发现那正是前朝的遗物。一把锈迹斑斑的铁戟，完成历史和现实的联系。在杜牧的眼里，岁月早就洗刷了往日的硝烟，一切已经过去，只待后人前来评说。

"东风不与周郎便，铜雀春深锁二乔"，杜牧说，假如东风不给周瑜提供方便，恐怕江南的美女大乔和小乔早就被关进铜雀台了。理解这句话，需要了解一下相关的历史知识。诗里的二乔可不是一般的美女，大乔是东吴开创者孙策的夫人、孙权的嫂子，而小乔正是周瑜的夫人。铜雀台则是曹操击败袁绍后在邺都所建的高台，专门用于宴饮赋诗。杜牧告诉我们，如果曹操在征伐东吴的战争中取胜，早就把大乔、小乔俘虏过来，关在铜雀台上据为己有了。

《三国演义》巧妙地运用了这个典故，编排了"智激周渝"的情节，声称诸葛亮利用曹操造铜雀台等候二乔的事情故意激怒周瑜，从而坚定了东吴上下抵抗到底的决心。诗里的"东风"则是孙刘联盟战胜曹操的又一关键因素。因为曹操率军征伐东吴的时候正值隆冬时节，一般都刮西北风。孙刘联军若要用火攻，则需要借助东风。也是天助孙刘，老天还真为他们送来了一场东南风，使得火攻之计顺利进行，这个桥段在《三国演义》里又成了诸葛亮巧借东风的故事。当然，演义终归是演义，当不得真。诸葛亮纵然多智，却也没有这般神奇。东吴拒绝投降曹操，说到底还是因为利益使然。在杜牧的眼里，风流人物周郎也不过是借了东风的便利，占到了天时、地利，如果没有这些先决条件，纵然他英才盖世，也不是曹操的对手，东吴还是免不了亡国。

　　杜牧如此评说历史人物，是不是有点酸意在诗里呢？坦率地说，还真有那么一点点。可也难怪，杜牧自认为精通文韬武略，唐朝统治者却始终没有给予他施展抱负的机会，也怪不得杜牧想起周瑜，心中就是一番嫉妒，发发牢骚也可以理解啊。

知识链接

下面两首杜牧所写的名作你听过吗?哪一首是咏史怀古诗?

泊秦淮

唐 杜牧

烟笼寒水月笼沙,夜泊秦淮近酒家。
商女不知亡国恨,隔江犹唱后庭花。

江南春

唐 杜牧

千里莺啼绿映红,水村山郭酒旗风。
南朝四百八十寺,多少楼台烟雨中。

第二十三章
纪律委员刘禹锡

大家可能会发现,不少诗人都很清高,一言不合就归隐,动不动就搬到山里去赏花种菜了。因为他们总是觉得官场太丑陋,世界太险恶,还是躲起来比较安全。可有些诗人不一样,他不但关心政治,还特别能战斗,特别敢战斗,哪怕在官场里拼得遍体鳞伤也永不言退。端的是条汉子!今天要说的刘禹锡就是比较有代表性的一位,正因为他特别敢和腐败丑恶现象作斗争,所以我们选他做纪律委员。

唐代宗大历七年(772),刘禹锡生于河南洛阳,人生起步伊始,他就是一个标准的大赢家。刘禹锡出生于书香门第,自幼天赋异禀,诸子百家、诗词歌赋无一不通。唐德宗贞元九年(793),刘禹锡顺利地考上了进士,过了两年,又顺顺当当地做了官。贞元十八年(802),三十岁的刘禹锡已官至监察御史,人生之路走得异常平坦。三年后,唐德宗去世,唐顺宗李诵继位。李诵即位之初富有雄心壮志,一心希望结束藩镇割据、宦官专权的局面,他重用了一批革新派成员,对朝政进行大刀阔斧的改革,刘禹锡就是革新派中的一员。

对于刘禹锡来说,后来发生的故事就一点也不乐观了。唐顺宗不但没把别人的权力革掉,反而遭到了守旧势力的反扑,把自己的皇位给弄没了。宦官们拥立太子李纯即位，李诵瞬间变成了下岗人员——太上皇。刘禹锡自然也没好果子吃，被贬到边远地区做了个州司马，十年之后，才得以重新回京。

吃尽苦头的刘禹锡并没有改变嫉恶如仇的性格，眼见着那些奴颜婢膝之徒掌握朝政，他心里非常不屑，忍不住写诗讽刺了一下。这一写不要紧，他又被人踢到了外地，先是广东连州，接着四川夔州，最后又到和州（安徽和县），几乎转悠遍了大半个中国。在和州的时候，地方官还故意为难他，把他安排到远离市区的一处住所，那里面朝大江，一片荒凉。刘禹锡吃了哑巴亏，但嘴上依旧不服输，在家门口贴了一副对联"面对大江观白帆，身在和州思争辩"。地方官鼻子都被气歪了，看整不死你！马上给刘禹锡安排搬迁，把他换到了一个更偏僻的地方，刘禹锡依然倔强地住下了。一瞅，房前有条小河，河边柳树青青，继续挂对联："垂柳青青江水边，人在历阳心在京。"地方官恼羞成怒，干脆又替他搬家了，这回换成了城中一个破败不堪的小屋。没想到，刘禹锡的创作热情不减，大笔一挥，成就了千古名篇《陋室铭》："山不在高，有仙则名。水不在深，有龙则灵。斯是陋室，惟吾德馨……"

大和二年（828），刘禹锡终于回京了，当年意气风发的年轻人现在已经成了年近六十的老人。然而，刘禹锡的心并没有老去，眼见朝廷上依然充斥着那些无德无才的权贵，接着上回的讽刺诗，写了个续篇，还不无嘲弄地高呼"前度刘郎今又来"。结果又是整整八年外放。直到开成元年（836），刘禹锡才被调回洛阳，并于五年后病逝于洛阳。

刘禹锡的一生，确实如钢铁战士般的存在，遇到不平之事从不低头，面对威胁从不屈服，哪怕失去了自己的大好前程和安逸生活，却依然坚守着自己的理想信念。为此，今天我们特选了一首最能反映他不屈斗争精神的诗《秋词》。

秋词
唐　刘禹锡

自古逢秋悲寂寥，我言秋日胜春朝。
晴空一鹤排云上，便引诗情到碧霄。

在诗人的笔下，秋天往往都是萧瑟、肃杀的景象，那是容易令人产生悲伤气氛的季节。宋玉就曾在《九辩》里说，"悲哉，秋之为气也"。宋代词人吴文英也说过，"何处合成愁，离人心上秋"。但是倔强的刘禹锡不服输，在他眼里，秋天并不一定要带上悲情色彩，反而是可以激情昂扬的。

"自古逢秋悲寂寥，我言秋日胜春朝。"刘禹锡告诉我们，自古以来，人们每逢秋天就感到悲情，感到寂寞空虚，我却要说，秋天远远胜过春天！"寂寥"是寂寞、空虚、萧条的意思，"春朝"是春意盎然的景象。在刘禹锡的眼里，秋天并没有"寂寥"，它要比"春朝"更吸引人，为什么这么说呢？

"晴空一鹤排云上，便引诗情到碧霄。"原来，诗人看到了秋日晴空万里，一只白鹤从地面飞起，直冲云霄。这是一幅充满豪情的画面，鹤飞上了天空，刘禹锡的诗情也一同飞到了云端。神游天外，物我两忘，谁还在意那些烦心郁闷的事情呢！读到这样的诗，我相信，我们也会被刘禹锡的乐观精神所感染，将愁绪一扫而光。其实，我们细想一下，诗里的秋景不正是和州的那间陋室？这只冲天的飞鹤不正是刚强不屈的刘禹锡？

> 知识链接

刘禹锡是诗人中的多面手,下面两首诗分别属于哪种类型呢?

望洞庭

唐 刘禹锡

湖光秋月两相和,潭面无风镜未磨。
遥望洞庭山水翠,白银盘里一青螺。

浪淘沙

唐 刘禹锡

九曲黄河万里沙,浪淘风簸自天涯。
如今直上银河去,同到牵牛织女家。

第二十四章
副班长白居易

唐宪宗元和十年（815），京城长安发生了一件骇人听闻的恐怖主义事件，宰相武元衡在上朝的路上惨遭刺杀，不幸身亡。这件事情背后牵涉朝廷和藩镇割据势力的权力斗争，武元衡等朝廷重臣一直主张削藩，而藩镇的节度使们不肯束手就擒，结果搞出了一起暗杀事件。事情发生后，一个普通官员上了奏折，强烈要求缉拿凶手。照理说这是一个再正常不过的要求，但他却被扣上了"越职言事"的帽子，贬成了江州刺史。不久，又被按上了一个"莫须有"的罪名，贬成江州司马。

这位遭遇飞来横祸的诗人，正是我们今天的主角——白居易。在众多唐朝诗人中，白居易的名望仅次于李白、杜甫，他一生创作了近三千首诗，还创新了诗歌理论，素有"诗王"之称。因此，我们要在诗人班里给他封一个大官——副班长。

唐代宗大历七年（772），白居易出生于河南新郑的一个小官僚家庭。他从小天资聪慧，学习刻苦，是个远近闻名的神童。十六岁那年，白居易一个人来到京城长安寻找发展机会。然而，地方上的神童，到了人才济济的首都，照样得找人包装一下。于是，白居易找到了当时的大学者顾况。顾况倒是个很幽默的人，知道了白居易的名字后，微微一笑："白居易？是安居很容易的意思吗？长安可不是一般的地方，物贵得很，恐怕没那么容易吧？"看来，无论什么时候，首都的房价都不便宜。白居易也不怵，递上了自己的得意之作《赋得古原草送别》。很多同学一定都会背这首诗："离离原上草，一岁一枯荣……"果然，顾况读后，态度立刻来了个一百八十度大转弯，大腿一拍："得！小伙子，有这份才华，想在长安住下来也不难！"

在顾况的宣传下，白居易的名声传遍长安城。又过了几年，白居易中了科举，通过了吏部的选拔考试，谋到了一个官职。从元和元年（806）起，白居易先后担任县尉、翰林学士、左拾遗、太子左赞善大夫等官职，仕途不可谓不顺利，直到武元衡遇刺事件发生。白居易一夜之间从人生的巅峰跌到了谷底，而他的才情却在最落魄的时候得到了激发。

在江州某日夜里，白居易在江边送完朋友，忽然听到一艘小船里传来凄婉的琵琶声。琵琶声听起来是那么熟悉，那么亲切，白居易忽然记起，这是长安流行的曲调。他情不自禁地走上船去，这才发现，原来那是一个长安歌女在此弹奏。白居易触景生情，默默吟诵道："浔阳江头夜送客，枫叶荻花秋瑟瑟……千呼万唤始出来，犹抱琵琶半遮面……同是天涯沦落人，相逢何必曾相识……座中泣下谁最多？江州司马青衫湿。"一曲《琵琶行》，弹尽了白居易的心酸和苦楚。

元和十五年（820），唐宪宗去世，唐穆宗继位，新皇帝感念白居易的才华，又把他召回了长安。可是，经历了波折的白居易早就没有了年轻时的心气，更无意在关系复杂的朝廷生存。他心里清楚，想要在长安居住，仅仅具备物质条件是不够的。居易，居易，不居也罢。白居易在长安没待多久，就主动要求外放，再也没有去涉足政治核心圈。白居易，字乐天，此时,他似乎真成了一个乐知天命的人,无论仕途如何起落,他都安心过着闲适的生活。唐武宗会昌二年(842),白居易以刑部尚书致仕,会昌六年(846),在洛阳去世,享年七十五岁。

白居易的后半生一直在追求恬淡自然,他的诗也秉持了此种处世风格。诗句浅显易懂,里面看不到一点华丽的辞藻和刻意的雕琢,哪怕是一个没有太高文学素养的人,也能一目了然。今天,我们要介绍的这首《问刘十九》正体现了此种风格。

问刘十九

唐　白居易

绿蚁新醅酒,红泥小火炉。
晚来天欲雪,能饮一杯无?

这首诗也是白居易贬谪江州时所写,刘十九是作者在江州的一个朋友。古人有按家族中的年龄排行来称呼对方的习惯,这位刘十九估计在刘家同辈里排行十九,所以被白居易称为刘十九,正如王维的《送元二使安西》。根据题目的意思,白居易有问题要问刘十九,问什么呢?当然不是奥数题啦,否则人家早就夺门而逃。原来,白居易是问好朋友刘十九,要不要坐下来,一起喝一杯酒。

第一句,"绿蚁新醅酒"。白居易开门见山,端出了自己的好酒。这个酒不是XO,也不是茅台,而是自己刚刚酿好的酒。"醅酒"就是未过滤的酒,直接用粮食酿出的酒,因为没有经过过滤,上面会泛起一层泡沫,泡沫细小如蚂蚁,还带点绿,所以被称为"绿蚁"酒。米酒虽然浑浊,但代表了主人浓浓的情意,喝酒贵在意趣相投,否则就算美酒佳肴,又有什么意思呢。杜甫在《客至》里也说过"盘飧市远无兼味,樽酒家贫只旧醅。肯与邻翁相对饮,隔篱呼取尽馀杯"。酒,主要喝的是一个好心情嘛。

第二句,"红泥小火炉"。白居易的小屋子里,还架起了一个小火炉。冬天需要喝热酒,那样才能暖身子。白居易用一个红泥做的小火炉炖着米酒,炉火正烧得通红,火光一闪一闪映照在诗人的脸上,米酒的香味溢满了屋子。

"晚来天欲雪,能饮一杯无?"终于,白居易笑呵呵地提出了自己的问题:天色已晚,马上就要下雪了,我们两个能一起喝一杯吗?他热情地发出了邀请,希望朋友能应邀而至,一起开怀畅饮几杯。我们相信,刘十九一定欣然应允。于是,两人围炉而坐,边品酌米酒,边海阔天空地闲谈。伴随着满屋子酒香的,是朋友间朴素可贵的感情和淡泊世外的情调……这是一幅多么令人艳羡的画面。

人是看尽浮华的人,酒是未经过滤的酒,诗是未经雕饰的诗。

好酒,好诗,好人。

> 知识链接

试试看,下面两首白居易的诗,你能够秒懂吗?

赋得古原草送别

唐　白居易

离离原上草,一岁一枯荣。

野火烧不尽,春风吹又生。

远芳侵古道,晴翠接荒城。

又送王孙去,萋萋满别情。

大林寺桃花

唐　白居易

人间四月芳菲尽,山寺桃花始盛开。

长恨春归无觅处,不知转入此中来。

第二十五章
班长杜甫

每个班级都会有自己的班长,你们班长是个怎么样的形象呢?是不是成绩优秀,为人热心,集体荣誉感特别强?其实我们唐朝诗人班里,选班长的标准也一样。我们所选的这位班长创作了大量优秀的诗歌,广为后人传诵;他品行高洁、胸怀天下,不管身处何种困境,始终有着悲天悯人的情怀。在语文课本中,我们经常能看到他的作品。我们的大班长,就叫杜甫。

在很多人的印象里,杜甫的一生都和"穷困"两个字眼交织在一起。事实上,我们大脑中的这个传统印象是片面的,杜甫的青年时代不但不穷困,而是非常的富足优越,甚至可以称为一个"富二代"。

唐玄宗先天元年(712),杜甫出生于河南巩县一个名门望族——京兆杜氏。他的远祖可以追溯到汉武帝时期的御史大夫杜周,接下来,家族中另一个大人物就是晋朝著名的政治家、军事家杜预。没错,正是率兵征服东吴,结束三国鼎立局面的那个杜预。从唐朝以来,杜氏一门在朝廷当大官的更是数不胜数。杜甫的祖父和父亲都是朝廷官员,母亲崔氏,也是出身望族。有如此优越的家庭环境做支撑,杜甫年轻时期的生活过得非常惬意。开元十九年(731),二十岁的杜甫开始了自己的"驴友"生涯,从江浙到山东，一路观赏大好河山，一路吟诗作对，在那段时间里他展现了"会当凌绝顶，一览众山小"的理想抱负，结识了一些著名的诗友，其中包括李白。

开元二十九年（741），正好是"开元"年号的最后一年，开元盛世即将落幕。这一年，杜甫的父亲去世了，家道开始衰落，从此，杜甫的命运正如唐朝的命运一样，骤然由盛转衰。天宝六年（747），三十五岁的杜甫来到长安参加科考，不幸落第。说不幸，其实也算不上，因为那次科举一个人都没有录取。当时把持朝政的乃权相李林甫，他编导了一场"野无遗贤"的闹剧，声称有才华的人都已经在朝廷里了，没必要再招录新人。不巧，杜甫正好碰上了这次百年不遇的科举奇观。

天宝九年（750），杜甫靠献上一篇《大礼赋》得到唐玄宗的赏识，终于获得了当官的资格，但他直到五年后才被授予了一个"右卫率府兵曹参军"的官职，官职看上去挺长，其实就是一个兵器库的看门人。然而，即便是一个芝麻小官，杜甫也没能当安稳。

那一年，"安史之乱"爆发。杜甫只好举家搬迁逃难，不幸的是，在奔逃途中，他成了叛军的俘虏。好在杜甫还是不起眼的小人物，叛军也没太在意他，一年后，趁着敌人不注意，又溜了出来，投奔了已经称帝的唐肃宗李亨，还谋得了一个左拾遗的官职，这也是人们称杜甫为"杜拾遗"的由来。可是，好景不长，杜甫很快因为替人说话而触怒了唐肃宗，被贬为华州司功参军。

杜甫的人生，正如高开低走的下坠曲线，接下来他的日子，只能以举步维艰来形容。战争、干旱接踵而至，杜甫几经辗转，跑到成都投靠好朋友严武，在他的帮助下，杜甫在那里建成了一座草堂，勉强安顿下来。那段时间里，杜甫继续过着贫寒拮据的生活，有时连最基本的温饱问题都无法解决。《茅屋为秋风所破歌》正是那个时期的代表作，也是他凄苦生活的真实写照。

大历三年（768），五十六岁的杜甫产生了叶落归根的想法，于是他乘舟出三峡，走上漫漫的回乡之路。但是，这趟最后的旅程，他走得愈加凄惨。由于经济困难和遭遇兵乱，他在岳阳、潭州、衡州、耒阳等地辗转奔波，甚至饿得好几天没东西吃，尝尽各种苦楚也未能返回故土。大历五年冬（770），杜甫在由潭州驶往岳阳的一条小船上溘然长逝，时年五十九岁。

杜甫的才华生前并未被人察觉，直到去世几十年后，后人整理他的文稿时才发现，这个孤苦之人居然有如此惊人的创作能量，不但诗作数量大，而且质量奇高。他的诗歌创作技法高深纯熟，句子精练，对仗工整，尤其是后期的作品，更是经典无数。今天所选的《旅夜书怀》，是杜甫离开成都沿江东下时所写，漫漫旅途中，夜色无边，杜甫乘坐小舟之上，写下了这首感怀自身境遇的经典佳作。

旅夜书怀

唐　杜甫

细草微风岸，危樯独夜舟。
星垂平野阔，月涌大江流。
名岂文章著，官应老病休。
飘飘何所似，天地一沙鸥。

"细草微风岸，危樯独夜舟"，坐在船里，杜甫先讲述着自己身处的环境：微风轻轻吹拂着岸边的细草，小船竖着高高的桅杆，孤独地在江边停泊着。"樯"就是船上的桅杆，"危"字经常用来表现高耸、陡峭，比如，大家一定听说过"危楼高百尺"。

"星垂平野阔，月涌大江流"，杜甫写完近景后又开始把眼光放到远处，他看到了天上星光点点，平野一片空旷，在天地相接之处，星星似乎垂到了地面，江水奔涌不息，月光静静铺洒在江面上，闪动着点点银光。这是一幅非常安静的画面，让人嗅到了"野旷天低树，江清月近人"的味道。但是杜甫的诗显然要比孟浩然的更有孤独感。联系第一二句，我们可以感受到，杜甫是在写景，又何尝不是在写自己，他的渺小、无助、孤独，正如风中的细草，正如江边的孤舟，彷徨了无所依。

既然是"书怀"，就不能光写景，杜甫还是有话要说。"名岂文章著，官应老病休"，我的名声怎么可能用文章来博取，我已经年老多病，也该退归乡里了。这两句话，更像是诗人抱屈后的反话，他喜欢写诗文，但更希望在政治上施展自己的理想，他不做官，并不全是因为既老且病，更多的是因为性格无法融入世俗官场。压抑、再压抑，杜甫的后半生实在鲜有亮色。

"飘飘何所似，天地一沙鸥。"杜甫感叹：我已经进入暮年，却依然无立锥之地，无尺寸功名，看我颠沛流离的落魄样，像个什么呢？是的，只不过是一只在天地间孤独飞翔的沙鸥罢了。沙鸥、孤雁、征鸿，一直是无数文人的情感寄托，很多人以此自况。杜甫恰如一只停歇枝头、舔舐伤口的沙鸥，他或许不知道，自己的声声哀鸣已经成为流传千古的文化瑰宝。

> 知识链接

杜甫的很多诗选入了中小学课本,下面两首你一定见过吧?

绝句

唐　杜甫

迟日江山丽,春风花草香。
泥融飞燕子,沙暖睡鸳鸯。

蜀相

唐　杜甫

蜀相祠堂何处寻?锦官城外柏森森。
映阶碧草自春色,隔叶黄鹂空好音。
三顾频烦天下计,两朝开济老臣心。
出师未捷身先死,长使英雄泪满襟。

第二十六章
超级同学李白

我们最后出场的诗人想必大家都猜到了,没错,正是诗仙李白。有同学可能会有疑问,那么厉害的人物,怎么不给封个班干部啊?因为,在我看来,李白实在太优秀了,他才不会再乎一个二道杠呢,我们姑且称他为唐朝诗人班里的超级同学吧。

李白被称为诗仙,不仅是因为他的诗写得好,也在于他的身上总是充满种种神奇的传说。

长安元年(701),大诗人李白出生。李白刚一出生就给我们带来了两个谜团:这位中国历史上最伟大的诗人究竟出生在哪里?有人说,他出生于唐剑南道绵州昌明县青莲乡(今四川江油);又有人说,李白出生在西域的碎叶城,要知道,那里可是现在的中亚吉尔吉斯斯坦境内!李白的身世也是一个谜,有人说他是西凉太祖李暠的九世孙,有人说他出自李唐王室李建成或李元吉的一脉,还有人说诗仙李白只出生在一个普普通通的家庭。其实,李白是否为皇族血脉不重要,多少帝王将相早已风吹云散,而李白的诗却还在代代传唱。

关于李白少年时的求学经历,有一个耳熟能详的传说——铁杵磨针。说是李白小时曾经在山里读书,还没学到多少知识,就放弃了。一天,李白遇到了一个老婆婆,发现老婆婆正在用力磨一根铁棒。小李白觉得挺奇怪,就问老婆婆为什么这么做,老婆婆回答说是要做一根针。李白更觉得奇怪了,把铁棒磨成一根针,怎么可能呢?老婆婆回答说:"只要功夫深。"李白听后大受感动,于是回去发奋学习。坦率地说,对于这则传闻,我一直保持高度怀疑的态度。以李白的放浪豁达、不拘小节,才不会被这种古代鸡汤故事所感动,要说这事发生在贾岛身上,那还差不多。

铁杵磨针的故事未必是真的,但少年李白的才华却货真价实,他不但拥有无与伦比的诗赋才华,同时还擅长剑术,堪称文武双全的奇才。只可惜,直到天宝元年(942),李白的名字才传到皇帝李隆基的耳朵里,被召进宫内做官。但是,在李隆基的眼里,李白仅仅是一个擅长诗文的书生而已,只适合放在翰林院里为他歌功颂德。心高气傲的李白当然不甘心只做一个文字消遣,于是,在他的身上又多了一个"醉草吓蛮书"的传说。

传说,某一年,李隆基召见了一个渤海国使臣,使臣向唐朝递上了国书。打开国书后,满朝文武全都愣住了,因为国书上写的都是番邦文字,大家根本看不懂。既然看不懂,更谈不上回复了。正当大家一筹莫展的时候,有人想到了李白,于是,李白一下子成了唯一能够指望的英雄。当李白赶来救场的时候,他受到了前所未有的礼遇,李隆基在七宝床前招待他吃饭,还亲手为他调羹。酒足饭饱后,李白才边打嗝边起身干活。据说,李白的外语属于专八水平,拿到国书当场就给口译出来了。渤海国国书上的内容很无礼,李白当即表示,有他在,同样没问题!自己可以提供全流程服务——当场回书反驳,只是得满足他一个小条件:需由宰相杨国忠替他磨墨,宦官高力士为他脱靴。这时候,李隆基也顾不得要求合不合理,立刻给杨国忠、高力士使了个眼色,还愣着干什么?走你!于是李白用自己的才华在朝堂上放浪不羁了一回。这当然又是一个缺乏事实依据的故事,但却一直为人津津乐道。显然,文人把自己的自傲自负、轻狂浪漫投射到了对李白的想象上。

李白的心气终究无法忍受"御用文人"的生活,最终,他被李隆基体面地"赐金放还"了。还好,李白还算幸运,至少物质保障上没问题。接下来李白的生活内容非常简单:喝酒、旅游、作诗、继续喝酒、继续旅游、继续作诗……我相信这是很多人都向往的生活。

台湾诗人余光中曾说:李白绣口一吐,就是半个盛唐。当李白行将离开历史舞台的时候,也是盛唐逐渐落幕的时候。天宝十四年(755),安史之乱爆发,诗仙李白也被卷了进去,他加入了永王李璘阵营,并为他创作《永王东巡歌》。不幸的是,永王的兄长李亨自立做了皇帝,永王也就成了李亨的心头大忌。最终,永王被认定为谋反,李白身受牵连被判流放夜郎(今贵州桐梓),好在一年多后,遇到朝廷大赦,重新获得自由。又过了三年,六十一岁的李白,在留下了他最后一篇作品《临终歌》后,与世长辞。

诗仙的出生伴随着谜团,诗仙的死也伴随着谜团,关于李白的死,有三种说法。一说是病重而死,一说是醉酒后死去,还有说李白在江上饮酒,喝醉后想去捉水中的月亮,不幸落水溺死。虽然第三种说法听起来最荒诞不羁,但很多人更愿意相信这种"水中捉月"的提法。因为,在众人眼里,李白本就是一个仙人,他是上天派到凡间的使者,应该带着浪漫的情怀回到天上。

李白留给我们太多经典的诗句,得意时,你会说"仰天大笑出门去,我辈岂是蓬蒿人"；失意时，你会说"抽刀断水水更流，借酒浇愁愁更愁"；抒发豪情壮志时，你又会说"长风破浪会有时，直挂云帆济沧海"……李白的诗早就成了我们的文化基因，在我们的血液里流淌。今天，让我们来温习一下李白的名作《月下独酌》，追念这位一千多年前的天才诗人。

月下独酌

唐　李白

花间一壶酒，独酌无相亲。
举杯邀明月，对影成三人。
月既不解饮，影徒随我身。
暂伴月将影，行乐须及春。
我歌月徘徊，我舞影零乱。
醒时同交欢，醉后各分散。
永结无情游，相期邈云汉。

如果说，其他人的诗是精心构思出来的，那么李白的作品更像是件天然的艺术品，一气呵成。诗仙的诗，是不适合逐字逐词解读的，我们不妨穿越到一千三百多年前，来到那个美丽的夜晚，悄悄走到他的身边，听听诗仙的独白。

月色正浓，花儿正香，今夜，我李白，是孤独的吗？

孤独？没关系！纵有千般寂寞，有酒就行。咦，庭院百花丛中，不是放着一壶美酒吗？没有朋友？不要紧，不要紧，我还有美酒可以品酌啊。

谁说我没有朋友？举起酒杯来！天上的月亮啊，快下来，我要邀请你，和我一起痛饮三百杯！哦，地上的是谁，原来是我李太白的身影啊。

月亮、影子、我，那不是三个人了吗？足矣。

嗯，月亮，你怎么静静地挂在天上不说话？月亮啊月亮，你为什么不和我一起开怀畅饮？咦，影儿，你默默地陪伴在我身边，为什么也不和我说话？

没关系，你们不喝，我自己喝。明月、影儿，你们姑且就这样静静地陪着我吧，在这美好的春夜里，我可要及时行乐。

月亮、影儿，我知道，你们不是无情的人儿。月亮，我高声放歌的时候，你在我身边踯躅徘徊；影儿，我手舞足蹈的时候，你不是也随我翩翩起舞了吗？

月亮、影儿，与我一起同乐吧。梦醒时，你们陪我纵情欢乐吧；酒醉后，你们不妨再悄然散去。

月亮、影儿，我和你们的友谊，不沾染半点世俗的尘埃，让我们携手归去，相约在缥缈的银河边。

……

"古来圣贤皆寂寞，惟有饮者留其名。"

与明月为伴，和影子共舞。

好一个谪仙人。

> 知识链接

学李白的诗,怎能不背这首热情奔放、天马行空的《将进酒》?

将进酒

唐 李白

君不见,黄河之水天上来,奔流到海不复回。

君不见,高堂明镜悲白发,朝如青丝暮成雪。

人生得意须尽欢,莫使金樽空对月。

天生我材必有用,千金散尽还复来。

烹羊宰牛且为乐,会须一饮三百杯。

岑夫子,丹丘生,将进酒,杯莫停。

与君歌一曲,请君为我倾耳听。

钟鼓馔玉不足贵,但愿长醉不复醒。

古来圣贤皆寂寞,惟有饮者留其名。

陈王昔时宴平乐,斗酒十千恣欢谑。

主人何为言少钱,径须沽取对君酌。

五花马、千金裘,呼儿将出换美酒,与尔同销万古愁。

意象篇

第二十七章
不止风霜雨雪花鸟虫鱼

通过前半部分的学习,我们接触了很多诗。但是,这离真正掌握诗的知识,还有很长的距离。接着,我们继续谈点玄乎的——"意象"。什么是意象呢?按照字典里的说法,"意象"是客观形象与主观心灵融合成的,带有某种意蕴与情调的东西。这个解释有点绕。不忙,咱们百度一下,看看网上怎么说:所谓"意象",就是客观物象经过创作主体独特的情感活动而创造出来的一种艺术形象。嗯,听起来更绕了。好吧,我们还是用简单的方式来表达。

意象,是表达内心想法的形象。

打个比方,你要表达高兴的想法,可能会画一个笑脸,如果你想表达得更文艺一点,就可能会画一朵盛开的鲜花,那么,这朵盛开的鲜花就成了表达开心心情的意象了。在看电视或看电影的时候,我们也会有这样一种体会,每每遇到情节紧张的时候,我们经常会看到电闪雷鸣、大雨倾盆的场景。当想表达主人公豪情壮志的时候,导演经常会把镜头对向高山大河,这里的雷电风雨、山川河流其实就是意象了。当然,还有人开玩笑,说哪个角色一咳嗽,然后再白手帕一擦,不好,看见一口鲜血,估计这个角色马上要性命不保喽。好吧,咱姑且把这个也看成一个意象。

中国人表达感情的方式是十分含蓄的，具体到诗歌创作也一样，诗人大都不会直抒胸臆，喜欢借景抒情、托物言志，也就是喜欢用一些情景、事物来表达自己的内心想法。久而久之，一些诗人经常引用的事物就被"感情化"了，它们成为一种相对固定的象征。诗的意象很丰富，花草树木、风霜雪雨、动物器具等都可以成为意象。接下来几章，我们会介绍几种最常见的意象，让大家看看诗人都喜欢把自己的多愁善感藏在什么地方。

今天，让我们先来欣赏一下唐朝诗人温庭筠的名作《商山早行》，跟着他早起走一趟，顺便瞅瞅，温大诗人是如何运用意象的。

商山早行

唐　温庭筠

晨起动征铎，客行悲故乡。
鸡声茅店月，人迹板桥霜。
槲叶落山路，枳花明驿墙。
因思杜陵梦，凫雁满回塘。

首联"晨起动征铎，客行悲故乡"意为：诗人早晨起来动身，旅店外已经铃铛声响起了一片。旅途上的行客悲思难收，想念着自己的家乡，句中的"铎"就是系在马脖子上的铃铛。诗人从长安出发，到襄阳去投靠友人，旅途经过商山（陕西商洛境内），天还未亮就早起赶路。那天早上，人们已纷纷牵着马做好出行的准备，可以想象，紧接着是一片人的喧嚷声、马的嘶叫声，喧闹中，人们又要开始一天的征程。大伙起来吧，赶路了。

颔联"鸡声茅店月,人迹板桥霜"是全诗的点睛妙笔,也是广为传颂的名句。到底妙在何处呢?诗人在这句诗里密集地运用了大量意象,把全诗的氛围渲染到了极致。大家初初一读,两句诗似乎也很简单,只是列举了六个名词:鸡声、茅店、月、人迹、板桥、霜,里面甚至没有一个动词和形容词。然而,我们可以细心品味一下:"鸡声"是催着行人上路的鸡叫声;"茅店"是山野里简陋的旅馆;"月"是天还未亮,空中尚未落下的残月;"人迹"是远行客留下的足迹;"板桥"是孤零零的木板桥;"霜"则是寒夜过后,铺在桥面上的银霜。这六个名词完整地组成了一幅"旅客早起出行"的清晰画面,透着一股逼人的寒气。

古时旅客为了保证安全,一般都是"未晚先投宿,鸡鸣早看天"。就是说,天色还没暗下来,就得先住进店里,早上天还没完全亮,就得起来赶路。鸡声是代表早起的特征性景物,茅店是山区特有的景物,月亮更是思念家乡的代表物。"鸡声茅店月"五个字,把旅客听见鸡鸣、起床收拾行囊、借着晓月余辉、匆匆赶路等内容传神地表现出来。同样,木板桥、寒霜以及上面的足迹也都是非常具有特点的景物。当诗人急匆匆上路的时候,他发现,路上已经到处都是人迹。看来,还有很多人和自己一样,要在风尘里追逐人生,真是"莫道君行早,更有早行人"。六个名词就是六个意象,读了这两句,诗人不需要说早上如何清冷,行客如何匆忙,已经能够让我们真切感到那份悲凉的味道。

颈联"槲叶落山路,枳花明驿墙"两句写的是旅客上路后的情景。商山一带,枳树、槲树很多,槲树的叶片落满了山路,枳树的白花绽开,映在了驿站的墙壁上,这两句诗非常容易理解,不再啰唆。

尾联"因思杜陵梦,凫雁满回塘",意为"诗人在路上想起了昨夜的梦境，梦中出现了家乡的景色，野鸭大雁栖息在湖塘里，一幅其乐融融的景象，让诗人无限怅惘"。"杜陵"是当时长安城南的一处地名，这里可代指诗人的家乡。"凫"是指野鸭，"回塘"则是河岸曲折的湖塘。家乡的景色如何呢，在短短的小诗里，是没有办法详尽描述的，温庭筠只是选取了其中的一个小片段，这个暖暖的小片段和前面的悲凉景象又形成了鲜明的对照。

梦醒时分，路还要继续走下去，远行人只好将思念收进自己的包袱里，埋进自己的心底，此时此刻，他的悲凉又增加了一分。

> **知识链接**

　　《天净沙·秋思》是元代文学家马致远的一首小令，一共才五句话二十八个字，但通篇密集排布了十一个意象，你能把它们找出来吗？在这些意象的渲染下，你能体会到怎样的感情？

天净沙·秋思

元　马致远

枯藤老树昏鸦，

小桥流水人家，

古道西风瘦马。

夕阳西下，断肠人在天涯。

第二十八章
杨 柳

我们第一个要讲的意象是"杨柳"。"柳"与"留"谐音,柳条随风摇动,极像亲友依依不舍地向你招手的样子。古人在送别之时,经常折柳相送,汉乐府还有《折杨柳》的曲子,所以,杨柳似乎天然地代表"留恋惜别"之情。

我国最早的诗歌总集《诗经》里,有一个名篇《采薇》,表现了一个常年在外戍守边疆的战士思念家乡的感情,其中就有一句"昔我往矣,杨柳依依。今我来思,雨雪霏霏。行道迟迟,载渴载饥。我心伤悲,莫知我哀"!我们可以想象,一个头发花白的戍卒步履匆匆地走在返乡的途中,他又饥又渴,想着艰苦的从军岁月,想着一个个思念家乡的日子,心中发出感叹:当年我出征的时候,柳枝飘摇,现在我归来的时候,雨雪纷飞。路边那株杨柳树,多像当年目送我远去的亲人,柳树还在吗?亲人还在吗?

自从柳成为留恋、惜别的代名词后,杨柳、柳枝、柳条、柳絮就成为了诗词中的常客。隋朝一个未留姓名的诗人曾写过一首题为《送别》的诗:杨柳青青着地垂,杨花漫漫搅天飞。柳条折尽花飞尽,借问行人归不归?你看,一连三句都是和杨柳有关,最后才问一声"归不归"。无独有偶,大诗人王之涣也写过一首《送别》:"杨柳东风树,青青夹御河。近来攀折苦,应为别离多。"这回,河边的柳条都因为送别的人多而攀折光了。又比如我们之前讲到的"此夜曲中闻折柳,何人不起故园情""忽见陌头杨柳色,悔教夫婿觅封侯",都是因为人们听到了"柳",看到了"柳",产生了离愁别绪。甚至有的地方,因为杨柳树种得比较多,居然成了离别胜地。在唐代长安,曾有一座灞陵桥,桥两边杨柳掩映,当时人们送友人离开长安,都习惯在那里折柳送别,因此有了"灞陵伤别"的说法,李白就说过"秦楼月,年年柳色,灞陵伤别"。

说了那么多杨柳,我们还是再学一首带杨柳的诗吧,有请我们的学习委员王维讲讲他的《送元二使安西》。

送元二使安西

唐 王维

渭城朝雨浥轻尘,客舍青青柳色新。
劝君更尽一杯酒,西出阳关无故人。

一听题目,大家就明白,又是一首送别诗。题目中的"元二",是王维的一个好朋友,因为他在兄弟中排名第二,所以称为元二。安西是指唐代掌管西域的安西都护府,在现在的新疆境内,对唐人来说,那绝对是一次远行。在元二出发前,王维为他送行,有感而发,写下了这首诗。

"渭城朝雨浥轻尘",早上渭城落下的小雨浸润了尘土,此时,我来为你送别吧。渭城是诗人送别朋友的地点,位于渭水北岸,现在的西安市西北。朋友就要远赴边疆,一路上风尘万里,黄沙遍地,让王维充满了牵挂。

所以，当他用诗句去渲染心情时，眼中的景色也变得阴郁。

"客舍青青柳色新"，客舍旁边伫立着一株株杨柳树，颜色鲜亮，一派清新。你看，主角"杨柳"出现了。诗人要写离别时的不舍之情，但并没有明说，而是借用杨柳的意象来表达。有同学可能会产生疑问，万一诗人只是写一下客舍边的景色呢？难道一看见柳树就是"惜别"吗？当然，我们说柳树是种常见的景物，不能一概而论地看见柳树就说离别。贺知章的"碧玉妆成一树高，万条垂下绿丝绦"，清代诗人高鼎的"草长莺飞二月天，拂堤杨柳醉春烟"中都有杨柳，那可是描写春天美景的，跟离别、思念没什么关系。我们分析意象的时候，也要联系全诗的内容。

有趣的是，王维的这句"客舍青青柳色新"，还有另一种版本："客舍依依杨柳春"。是的，古代诗人写诗也不是一蹴而就，像李白那样随手一挥，就写出一篇好诗的人毕竟是少数。很多诗写出来后，诗人还会改来改去，因此，有的诗会有许多不同版本，不知道那句"客舍依依杨柳春"是不是王维的1.0版。不过，看到那个"依依"二字，我想，不用我解释，大家也该明白了诗人要表达的意境，你懂的。

"劝君更尽一杯酒，西出阳关无故人"，阳关位于河西走廊尽头，和北面的玉门关一样，是中原通往西域的关口。对于远行的人来说，出了关，就是穷荒绝域，就意味着真正离开了自己的中原故土，因此，阳关和玉门关具有很强的象征意义。此情此景，想对好友说什么呢？王维没有"日暮征帆何处泊，天涯一望断人肠"的伤感，也没有"莫愁前路无知己，天下谁人不识君"的豪迈，他只是说，请你再喝一杯酒吧，走出了阳关就再也见不到老朋友了。一切都在酒里了，一切尽在不言中。

在整首诗里，王维没有诉说一句友情，没有讲出一句不舍，但是那种强烈、深挚的惜别之情却表现得淋漓尽致。从朝雨、轻尘、客舍一路镜头转来，直到定格到那株株杨柳。当他举起那一杯浊酒的时候，老友之间的依依不舍之情瞬间就到达了顶点。

> 知识链接

　　以柳为意象的诗太多了，下面两首颇有知名度，我们不妨了解一下。

柳枝词

唐　刘禹锡

清江一曲柳千条，二十年前旧板桥。
曾与美人桥上别，恨无消息到今朝。

淮上与友人别

唐　郑谷

扬子江头杨柳春，杨花愁杀渡江人。
数声风笛离亭晚，君向潇湘我向秦。

第二十九章
梅 花

除了杨柳之外,还有很多花草树木同样具有丰富的象征意义。比如,梧桐经常用来表现凄苦,莲花经常用来表现清雅,牡丹经常用来传达富贵美好的讯息。这回要说的梅花,则常被用来形容坚贞不屈、自强不息的精神。

梅花是在严寒中绽放的花朵,无数文人以寒梅傲霜的精神自勉,希望自己能像梅花那样经得住风霜雨雪,独立枝头。

南宋有个叫卢梅坡的诗人,他在历史上没有留下自己的真名,梅坡是他的自号而已,想必他是真的很爱梅花。卢梅坡写过一首很有名的《雪梅》:"梅雪争春未肯降,骚人搁笔费评章。梅须逊雪三分白,雪却输梅一段香。"卢梅坡独创性地将雪和梅并写,显得妙趣横生,典雅别致。无独有偶,宋朝还有个叫林逋的隐士,爱梅花爱得更夸张,乃至有"梅妻鹤子"之说,也就是说,他竟然将梅花当作了妻子,以表达自己冰霜高洁。在那首《山园小梅》里,他动情写道:"众芳摇落独暄妍,占尽风情向小园。疏影横斜水清浅,暗香浮动月黄昏。"梅花在群芳落去后,独自散发幽香,多么超凡脱俗。显然,林逋也是在以梅自比,要不说人家是隐士呢?

梅花在严寒中的绽放首先是一种顽强的绽放。"宝剑锋从磨砺出,梅花香自苦寒来""不经一番寒彻骨,怎得梅花扑鼻香",这些诗句你听了一定很耳熟。南宋词人陈亮曾在《梅花》一诗里写道:"一朵忽先变,百花皆后香。欲传春信息,不怕雪埋藏。"他是南宋的主战派,一直希望朝廷重振雄风、恢复中原,所以他笔下的梅花不仅有着不惧挫折的韧劲,还有了敢为天下先的斗争品质。

梅花的绽放,常被称为"凌寒独放","凌寒"是顽强的奋斗精神,"独放"则是一种孤独的奋斗。元朝有个著名的画家兼诗人叫王冕,他自幼家贫,白天靠放牛为生,晚上到佛寺的长明灯下苦读,平时买不起笔墨就用树枝在地上作画。经过一番勤学苦练,王冕终成一代大家,他非常喜欢画梅花,曾经画了一幅《墨梅图》,还在上面题了一首诗:"吾家洗砚池头树,朵朵花开淡墨痕。不要人夸颜色好,只留清气满乾坤。"王冕借梅自喻,不向世人夸耀自己如何色彩斑斓,只希望能给人间留下一缕清香,那种独善其身的态度跃然纸上。王冕的诗流传很广,有人说,他的《墨梅》一诗,在艺术成就上已经超过了《墨梅图》本身。

谈了那么多,大家可能会有个感觉,似乎关于梅花的诗多出于宋朝诗人之手。是的,宋朝的文人十分强调独立的人格和气节,寄情梅花的情况自然就更多一些。今天我们要说的这首例诗,更是一首名家名作,王安石的《梅花》。

梅花

北宋　王安石

墙角数枝梅,凌寒独自开。
遥知不是雪,为有暗香来。

王安石的《梅花》用语非常简单，如果我们直译一番，都不需要特别的注释：墙角处有几枝梅花，在严寒的季节独自绽放，远远望去，纯净洁白，但我知道，那不是雪而是梅花，因为我已经闻到了清幽的香味。

译完这首诗，有人可能会问，真的那么简单吗？作为一代杰出的思想家、政治家、文学家，王安石当然不可能仅为写梅而写梅。事实上，他的这首《梅花》要从汉代苏武所写的一首《梅花落》说起。"中庭一树梅，寒多叶未开。只言花是雪，不悟有香来。"苏武口中的梅花，枝叶被白雪所覆盖，让人误以为是雪。苏武感叹道："难道就没有意识到扑鼻而来的香味吗？"王安石很巧妙地借用了苏武的诗境，但却是反其意而用之，写出了令人称道的新意。

王安石留在历史舞台上的印象，首先是一个政治家，其次才是文学家。他才华横溢、个性突出，行事不拘小节，他的一些超前思想很难为同时代人所接受。因此，他的诗透着一种孤芳自赏的自信。

在王安石的诗里，很多写景状物不仅蕴含了他对事物的看法，更暗暗折射着政治上的抱负。"飞来峰上千寻塔，闻说鸡鸣见日升。不畏浮云遮望眼，只缘身在最高层。"王安石借登飞来峰，昭示自己在政治观点上的绝对自信，他相信自己有着超越他人的眼光，能够看透社会积弊，找到富国强兵的良方。"爆竹声中一岁除，春风送暖入屠苏。千门万户曈曈日，总把新桃换旧符。"王安石的新年诗人人会背，但你可知道，此时的王安石已经出任宰辅，即将全面推行新法，在政治上大展身手。

是的，这首《梅花》蕴含的情怀也一样：尽管我身处角落中，尚不为人所知，但我依旧坚持自己的信念主张。我不是平庸之辈，只因我正透着浓郁的幽香！总有一天，人们会见识到我的不凡，为我击节叫好！

> 知识链接

关于梅花的诗真不少,卢梅坡其实一共写过两首《雪梅》,王冕还写过另一首《白梅》,大家欣赏一下吧。

雪梅·其二

南宋 卢梅坡

有梅无雪不精神,有雪无诗俗了人。
日暮诗成天又雪,与梅并作十分春。

白梅

元 王冕

冰雪林中著此身,不同桃李混芳尘。
忽然一夜清香发,散作乾坤万里春。

第三十章
菊 花

说完冬天的梅花,咱们接着聊秋天的菊花。

和菊花联系最紧密的诗人,非东晋田园派诗人陶渊明莫属,陶渊明不为五斗米折腰的故事人尽皆知。他厌倦了官宦生活,长期隐居田园,酒和菊花成了他的最好陪伴,"结庐在人境,而无车马喧。问君何能尔?心远地自偏。采菊东篱下,悠然见南山……"这是他的《饮酒》诗中的几句。从此,陶渊明成了古代隐逸诗人的鼻祖,他和菊花无数次出现在后世文人的笔下。

我们再来看看陶渊明的粉丝吧。元稹在《菊花》里说过:"秋丛绕舍似陶家,遍绕篱边日渐斜。不是花中偏爱菊,此花开尽更无花。"他觉得自己家的菊花怎么看都像陶渊明家的那簇菊花,他自己当然也像陶渊明了。连非常文艺的李商隐也是陶渊明的粉丝,他描述菊花是"暗暗淡淡紫,融融冶冶黄。陶令篱边色,罗含宅里香"。诗里的"陶令"还是陶渊明,因为他最后一个官职是彭泽县令,所以被称为"陶令"。明代名臣于谦有一首《过菊江亭》:"杖履逍遥五柳旁,一辞独擅晋文章。黄花本是无情物,也共先生晚节香。"因为陶渊明住宅边种了五棵柳树,所以他又称"五柳先生",看来陶渊明和菊花的名声并没有随时间的消磨而淡去,"陶令""陶家""五柳"这些词汇经常和菊花相伴，可以说陶渊明已经和菊花意象浑然一体。

经常和菊花意象一起出现在诗句里的，还有一个中国传统节日——重阳节。在关于重阳节的诗句中，菊花的出现频率很高，如果当时有朋友圈的话，诗人一定争着拿菊花刷屏。你看，杜牧在《九日齐山登高》中吟诵"尘世难逢开口笑，菊花须插满头归"，张籍在《重阳日至峡道》中高唱"逢高欲饮重阳酒，山菊今朝未有花"。连边塞诗人岑参在《行军九日思长安故园》中也提到了菊花："强欲登高去，无人送酒来。遥怜故园菊，应傍战场开。"你看，远征人在重阳节思念故乡的感情，也由菊花来代劳了。

菊花和梅花实在是诗歌中非常有趣的一对意象，梅花以表达奋斗精神为主，但也含有清高自许的意味；菊花则恰恰相反，主要象征品性高洁，但菊花能在秋日肃杀的节气中开放，因而有时也被诗人用来表达坚强不屈的意志。看来，两者的主业和副业正好互相对应。以菊花来表现坚强意志的，当属大文豪苏轼赠给好友刘景文的诗句："荷尽已无擎雨盖，菊残犹有傲霜枝。一年好景君须记，最是橙黄橘绿时。"苏轼勉励好友，虽然现在已经秋风萧瑟，只剩下几许残菊，但也是"橙黄橘绿"的大好时光，只要不懈努力，还是可以大有作为的。近一千年后，清末民主革命人士秋瑾化用了这句"菊残犹有傲霜枝"，挥笔写道，"残菊犹能傲霜雪，休将白眼向人看"，表达她忠贞不屈、一心报国的信念。从这个角度看，菊花和梅花真是诗人笔下的一对最佳拍档。

菊花意象所传达的感情是隐逸、坚强，但今天我们在举例的时候，要稍稍突破下传统，选一首更加激情澎湃、充满悲情的诗。这位诗人和前面几位不同，他不是标准的文人，而是一个农民起义领袖——黄巢。

不第后赋菊
唐 黄巢

待到秋来九月八，我花开后百花杀。
冲天香阵透长安，满城尽带黄金甲。

  黄巢在成为农民起义领袖前，曾经参加过科举考试，但并没有考中。黄巢认为是李唐王朝的政治腐败，才使自己怀才不遇，他将所有的怨恨都集中到腐朽的唐朝政权上，义愤之下写了这首罕见的泄愤诗。

  "待到秋来九月八，我花开后百花杀。"上面提到过，"九月九"是重阳节，是赏菊的时节，黄巢热切期盼重阳节的到来，届时，菊花将独自盛开，而百花即将纷纷凋谢。那是一个金菊傲霜的好日子！诗中没写"九月九"而写了"九月八"，那是因为诗句押韵和平仄的需要。有时候为了满足格律诗的音律和谐，对个别字词进行小调整是很常见的现象，正如前面将陶县令简称为"陶令"。黄巢以菊花自比，但他并不消沉，更不想隐逸，他要站出来和百花较量一番。黄巢认为，菊花没有盛开，只是未到时节而已，菊花含苞待放，正如他蓄势待发，等待着施展抱负的机会。

  "冲天香阵透长安，满城尽带黄金甲"，全诗的最后一句已经广为流传。待到菊花盛开之时，香味将充盈整个长安，长安城将处处金菊绽放，披上一层金色的铠甲，光彩夺目，绚丽无比！长安是唐王朝的都城，黄巢憧憬菊花开满长安，那份改天换地、取李唐王朝而代之的气概已经悄然流诸笔端。

黄巢自己也没想到，几年后，他真的将理想付诸实践，亲手掀起农民起义的滔天巨浪，给李唐王朝以致命的一击。菊花开处，满城飘香，黄巢的理想、不屈、愤怒、哀怨、奋争如一片片金色的花瓣，悄然落地，写满历史的悲壮和沧桑。

> 知识链接

黄巢似乎特别偏爱菊,留下的三首诗中,两首和菊花有关,明太祖朱元璋受黄巢启发,也写过一首咏菊诗,两首诗是不是一首比一首霸气侧漏呢?

题菊花

唐 黄巢

飒飒西风满院栽,蕊寒香冷蝶难来。
他年我若为青帝,报与桃花一处开。

咏菊

明 朱元璋

百花发时我不发,我若发时都吓杀。
要与西风战一场,遍身穿就黄金甲。

第三十一章
蝉

前面几章我们讲了与植物相关的意象,今天开始聊聊和动物相关的意象。动物很多,咱们就虫、鸟、兽各选一种,先说昆虫——蝉,俗称"知了"。

夏天吵得不得了,总是不能让人好好睡觉的知了,怎么也成了意象呢?因为,古人的认知和我们不同,现在我们知道,蝉是靠树汁生存的,属于一种害虫。但古人以为蝉是靠风和露水生存的,所谓"餐风饮露"。如此一来,蝉看上去就不食人间烟火,非常高雅。因此,有文人就用蝉来比喻自己的高洁脱俗。同时,蝉的生命非常短暂,一般秋后就无法存活了,人们就会把秋蝉的叫声附会成一声声哀鸣,让听者心有戚戚。于是,蝉又成了悲凉的同义词,此时我们经常把蝉称为"寒蝉""暮蝉"。

说到这里,同学们可能会有疑问,为什么很多意象都要表达诗人的淡泊高洁、心境悲凉呢?其实,通过我们前面对一些诗人经历的介绍,大家应该理解,诗人总体上都有才华横溢、敏感清高的特点,特别容易产生怀才不遇、隐居避世的思想,这里不光有诗人的个人因素,更多还是社会环境造成的。可对于诗歌来说,这倒未尝不是一种幸运,因为人往往是在人生低谷时才能感情丰沛,才会写出感人至深的好作品。所以你会发现,诗人在失意时写的好作品要远远比得意时写得多。著名学者王国维就曾在《人间词话》里对蝉这个意象有过表述，他说："蝉本无知，然许多诗人却闻蝉而愁，只因为诗人自己心中有愁，以我观物，故物皆着我之色彩。"说到底，蝉也好，我们之前讲的梅花、菊花也好，它们的自然属性本身没什么，只是诗人需要一个物体来寄托感情而已，诗人写得多了，它们也就成了一种固定的象征。

直接以蝉为主题的诗，最出名的有三首，人称"咏蝉三绝"。骆宾王写过其中一首《在狱咏蝉》，第一联就是"西陆蝉声唱，南冠客思深"，这里的"西陆"是秋天的意思，"南冠"是囚徒的意思，大意是说：深秋的蝉儿不停鸣叫，作为阶下囚的我愁肠百结。当时骆宾王正因得罪武则天而入狱，心中郁闷可想而知。多愁善感的李商隐也写过一首《蝉》，他虽然没入狱，但当时日子也不好过，所以第一句就是"本以高难饱，徒劳恨费声"，意思是说，你栖息在树枝高处，却难以饱腹，即便不停地鸣叫也是徒劳无功。言下之意，自己纵然才华盖世，照样得不到重视。

除了直接以蝉为题抒发自己的感情外，更多的诗人把蝉作为渲染氛围的参照物。王昌龄的"蝉鸣空桑林，八月萧关道"，说的是肃杀的边塞秋天。杜牧的"蝉吟秋色树，鸦噪夕阳沙"，说的是秋夜江边的萧瑟景致。杨万里的"落日无情最有情，遍催万树暮蝉鸣"，描述的则是秋日黄昏的小园景色。白居易在《早蝉》里说过"一闻愁意结，再听乡心起"，你看，听一声蝉叫就感到忧愁了，再听一声，想家了。还有一位叫陆畅的唐朝诗人写过一首《闻早蝉》的诗："落日早蝉急，客心闻更愁。一声来枕上，梦里故园秋。"说是蝉声传到枕边，客居异地的人就梦到家乡了。

暮蝉、秋蝉、早蝉，蝉声不断，我们不再一一列举，接着还是讲一首小诗。前面提到的"咏蝉三绝",已经说了两首,接下去,说说第三首。

蝉
唐 虞世南

垂緌饮清露,流响出疏桐。

居高声自远,非是藉秋风。

《蝉》是初唐著名书法家、诗人虞世南的代表作,也是一首标准的咏物诗。虞世南的诗初看完全是在描写蝉的外形、声音、习性,如果我们不结合具体人物加以分析,甚至看不到诗句背后的深意。这和"三绝"中的其他两首不同,比如骆宾王的《在狱咏蝉》最后一句就是"无人信高洁,谁为表予心(没有人相信秋蝉的高洁品质,又有谁来为我传递心迹)",李商隐的《蝉》最后一句是"烦君最相警,我亦举家清(蝉鸣叫让我警醒,我原来举家一贫如洗)"。也就是说,作者在描写完蝉后,最后还是直抒胸臆,点明主题。而轮到虞世南,直至结尾诗人也没有直接表达自己的思想。所以,我们不妨字斟句酌地看看虞世南究竟要借秋蝉说什么。

第一句"垂緌饮清露"是描述蝉的外形,"緌"是古人帽带打结后垂下的部分,"垂緌"是说蝉的头部有两条短短的触须,触须低垂恰似古人的帽带,"饮清露"自然是认为蝉靠饮露水而生活。端端正正地戴着帽子,低头默默地饮着清露,在古人的眼里,蝉真是一种优雅的昆虫。

第二句"流响出疏桐"是说蝉的声音。"疏"是开阔舒展的意思,蝉鸣声从高大疏朗的梧桐树上流传出来。当然在我们的耳朵里,蝉的鸣叫是恼人的。但在虞世南的笔下,蝉的声音却是从树间传出的悦耳之声,正如一位高士在山间抚琴高歌。

第三句和第四句要连起来解读,"居高声自远,非是藉秋风","居高"是说蝉伏在高高的树枝上,声音能传播到遥远的地方,然而,是什么原因导致蝉鸣传到远方呢?虞世南没有告诉我们答案,但他却提示我们,声音之所以能够到达远方,并不是凭借秋风的传送。虞世南这样说,当然不是在研究自然科学,他只是很隐晦地告诉我们,一个高士的名声能够流传千古,绝不是靠外力的帮助,更在于自身的品格修养。眼前的阿谀奉承、自我标榜终究要在历史的检验下,现出本来面目。

历史上的虞世南无论品行还是学识都为人所赞赏,唐太宗李世民曾赞誉虞世南有"五绝":德行、忠直、博学、文词、书翰。因此,说虞世南以"蝉"自比,绝非自夸。只是,虞世南的作诗风格一如他的处世风格,安静平和,内敛沉稳,几乎让人看不出他以蝉自况的痕迹。

如此看来,虞世南的蝉真可谓是藏在树叶最深处的一只蝉,它总会让人想起俄罗斯诗人普希金的一句名言:

深水,流缓。智者,心谦。

> 知识链接

下面两首诗里蝉音不绝,听到后,你有何种感受?

入若耶溪(节选)

南朝　王籍

蝉噪林逾静,鸟鸣山更幽,

此地动归念,长年悲倦游。

辋川闲居赠裴秀才迪

唐　王维

寒山转苍翠,秋水日潺湲。

倚杖柴门外,临风听暮蝉。

渡头余落日,墟里上孤烟。

复值接舆醉,狂歌五柳前。

第三十二章
猿 啼

猿啼,说通俗点就是"猿猴的叫声"。在诗歌中,猿啼也是一种常见的意象,它经常用来表达别离和悲苦的感情。怎么猿啼也能成为意象呢?因为古往今来,人们都把猿猴看作一种非常通人性的动物,这一点应该非常好理解。现在的自然科学里不是也有很多佐证吗?达尔文的进化论就认为,人类和猿猴有共同的祖先,现代人就是从猿猴逐渐进化而来的,这一点,我相信所有同学都听说过。之前还有科学研究声称,黑猩猩和人类的基因差别只有4%。如此一来,猴子真是和人类走得最近的动物了。

古代笔记小说《王氏见闻》的作者王仁裕曾记载了自己经历的一个故事,说是他曾养了一只顽劣的猴子,并给它取名叫野宾。野宾十分聪明,王仁裕对它发出一些简单的指令,它都能听懂理会。但是,因为野宾太顽皮,王仁裕后来还是把它放回了山林。两年后,王仁裕外出经过汉江,听到旁边山上一群猿猴的啼叫声,突然有一只猴子从山里跑了出来,径直来到他的马前,像人一样向他作揖。王仁裕马上认出那只猴子正是野宾,连忙喊了几声它的名字。野宾也发出凄厉的叫声,作为应答。哀叫几声后,野宾又怅然若失地离开了。王仁裕为此深受触动,还提笔写了一首诗,最后两句是"数声肠断和云叫,识是前年旧主人"。作者用"肠断"来形容野宾的叫声,想来猿啼确实让人听起来心生悲戚的感觉。

其实古代关于猴子通人性的传说还有很多,猿猴的形象出现在各种笔记小说和话本之中,深受人们喜爱的齐天大圣孙悟空不正是一个有情有义、有勇有谋的美猴王吗?说不定吴承恩在写《西游记》的时候,还参考了野宾的形象呢。回到诗歌来说,"猿啼""猿声""啼猿"等字眼也成了诗人笔下的常客。"朝辞白帝彩云间,千里江陵一日还。两岸猿声啼不住,轻舟已过万重山。"相信很多同学第一次在诗歌中接触"猿啼",都是通过李白的这首《早发白帝城》。在讲述李白的时候,我们说过,他曾经因为卷入永王李璘的政治纠葛而被贬谪远地,而正当李白走到白帝城的时候,他突然收到了大赦的消息,于是调转船头来到江陵,这首诗就是李白抵达江陵后写的。可能有人会说,猿啼不是体现哀思的吗?李白这个时候应该很高兴啊。我们说,任何意象都不是机械僵化的,李白高兴不假,但既然是贬谪远地的途中,思念中原的感情肯定是非常浓烈的,李白此时的"喜悦",是由悲转喜、悲喜交加。

很多诗人都借助猿啼表达伤感的情绪,高适在送两位被贬谪的友人时曾写道"巫峡啼猿数行泪,衡阳归雁几封书",王昌龄在送别友人时也曾写过"行到荆门上三峡,莫将孤月对猿愁",李白夜宿巫山的时候还写过"昨夜巫山下,猿声梦里长"。大家听后,可能又会觉得奇怪,为什么这猿啼总是和三峡有关呢?确实,北魏郦道元所著的《水经注·三峡》中曾记载:"自三峡七百里中,两岸连山,略无阙处……每至晴初霜旦,林寒涧肃,常有高猿长啸,属引凄异。空谷传响,哀转久绝。"《水经注》中还说,有捕鱼人唱民歌"巴东三峡巫峡长,猿鸣三声泪沾裳"。看来,三峡已然成为猿啼的标志地,也自然而然地成了诗人勾起乡愁的地点。

当然，猿啼可不仅仅出现在三峡，唐朝诗人刘长卿写过一首送别诗，起首两句就是"猿啼客散暮江头，人自伤心水自流"。诗句说的是：傍晚江岸边，诗人送客离别，听着猿啼声声。客人离去后，诗人自顾伤心，看江水依旧东流。猿啼在这里又成了勾起刘长卿伤心的因素。送别之外，猿啼也会被用于其他的伤感情境。比如晚唐诗人马戴的《楚江怀古》，其中有名句"猿啼洞庭树，人在木兰舟"，猿猴在洞庭湖畔的树丛中哀啼，诗人在船上为自己的境遇感怀（马戴在贬谪途中），一句写物，一句写己，一句写听觉，一句写视觉，相得益彰。

猿啼不止，愁思不绝。大家只要留心，就经常会在诗句中听到不同情境下的猿啼。今天的例诗中，我们来看一首经典的七律——杜甫的《登高》。

登高
唐 杜甫

风急天高猿啸哀，渚清沙白鸟飞回。
无边落木萧萧下，不尽长江滚滚来。
万里悲秋常作客，百年多病独登台。
艰难苦恨繁霜鬓，潦倒新停浊酒杯。

杜甫是写悲情诗的高手，如果大家仔细品读，会发现这首诗的每一联都是非常工整的对联，句句相对，声律相对，词意相对，写尽了萧瑟荒凉之感。

首联写景，"风急天高猿啸哀，渚清沙白鸟飞回"。是的，猿啼的意象一开篇就迎面而来，天空高阔，大风呼啸，在疾风中夹杂着远处山里猿猴的哀鸣声。"渚清沙白鸟飞回","渚"是水中的小块陆地,河洲里水清沙白,鸟儿来去飞舞,那是一幅空旷寂寥的景象。

颔联"无边落木萧萧下,不尽长江滚滚来"是耳熟能详的名句,无论是句意还是音律都对得十分工整贴切。一片片树林无边无际,萧瑟的秋风吹过,树叶纷纷落下,俯视长江,但见江水奔涌而去。杜甫在落叶和江水中感慨着时光的逝去,检点着一生的遗憾,他无法遮挽时光的逝去,只能徒留心中的遗憾。

颈联"万里悲秋常作客,百年多病独登台",这两句是杜甫对自己坎坷人生经历的凝练表述。这一生,他颠沛流离,为生计在各地奔波,多少次到了衣食无着的境地,可谓尝尽人间冷暖。此时,他已经到人生暮年,还欲回故乡而不得。读这两句诗,我们仿佛就在听杜甫的哀怨:你看,我杜甫一生漂泊,郁郁而不得志,如今只留得个病残之躯,谁知道我心中压抑了多少苦闷和委屈?

尾联"艰难苦恨繁霜鬓,潦倒新停浊酒杯",是杜甫最终的喟然长叹。"艰""难""苦""恨"四个字,字字带泪,那是杜甫内心伤痛的最直白表述。杜甫历经磨难,而今两鬓斑白、垂垂老矣,在穷困潦倒之余,他连喝上一杯浊酒的兴致都没有了。或许,连酒也不能溶解心中的忧郁了,他只能孑然站在高处,听那山中传来的一声声猿啼,山中哀鸣不已,心中哀鸣不已……

> 知识链接

我把刘长卿和马戴的诗全文找出来,供大家一赏,这两首诗不算太出名,但很巧,带"猿"的两句都是名句。

重送裴郎中贬吉州
唐 刘长卿

猿啼客散暮江头,人自伤心水自流。
同作逐臣君更远,青山万里一孤舟。

楚江怀古
唐 马戴

露气寒光集,微阳下楚丘。
猿啼洞庭树,人在木兰舟。
广泽生明月,苍山夹乱流。
云中君不见,竟夕自悲秋。

第三十三章
杜鹃鸟

接着说第三种关于动物的意象——杜鹃鸟。杜鹃鸟本来就是一种极富神话色彩的鸟,在古代传说中,杜鹃鸟是远古时代蜀国国王杜宇的化身,杜宇又号"望帝",他在治理蜀国期间,教导农民根据农时进行耕作,使得蜀国百姓安居乐业,深受百姓的爱戴。相传杜宇死后化作了杜鹃鸟,每到春夏农忙时节,都会飞到田间地头"布谷、布谷"地叫着。人们听到后,认为杜宇死后仍然不忘记百姓,化作杜鹃鸟来提醒他们别忘了播种、插秧。李商隐在著名的《锦瑟》一诗中就有"庄生晓梦迷蝴蝶,望帝春心托杜鹃"一句,用的正是这个典故。此外,杜鹃鸟的声音听起来凄厉哀怨,似乎是在呼唤孩子的归来,所以人们又称它为"子规"。于是,杜鹃鸟身上有了杜宇、望帝、子规、布谷鸟等多种称谓。

由于杜鹃鸟身上的种种传说,在诗人眼里,杜鹃成了"凄凉"和"思归"的情绪象征,除了一些展现农村生活的诗歌外,杜鹃鸟多以哀伤基调示人,古人甚至还有"杜鹃啼血"的说法。其实,那是因为杜鹃鸟的口腔上皮和舌头都是红色的,它在发出叫声的时候,总是露出一抹红色,让人们误以为杜鹃鸟是因为拼命啼叫而满嘴流血。

然而,现代自然科学里的杜鹃鸟形象却和诗歌里的大不一样。原来,杜鹃鸟天生喜欢干一种极不光彩的"借巢"行为。每到繁殖时节，杜鹃鸟既不筑巢也不孵卵，而是把卵产到其他鸟类的巢穴中，让别人替自己养孩子。更可恨的是，杜鹃鸟的幼鸟往往体格比较大，孵化比较快，这些小杜鹃还会把"养父母"的卵推出巢穴，从而独占宠爱。所以说，诗歌里的意象终究只是作者内心的一个寄托而已。

杜鹃既然是提醒春忙的鸟儿，那么在诗歌里自然会有"伤春"的属性。北宋诗人王令的《送春》曾写道："三月残花落更开，小檐日日燕飞来。子规夜半犹啼血，不信东风唤不回。"王令笔下的杜鹃，就是一只啼血召唤春天归来的鸟儿。有趣是的，南宋诗人陆游却写过"无端催取流年去，最恨溪头布谷儿"的句子，在这位大诗人的眼里，杜鹃鸟又变成把春天催走的罪人了，其实诗人是在感慨自己年华已逝，却还壮志未酬。真是鸟儿永远是那只鸟儿，诗人却有不同的哀伤啊。

杜鹃鸟因为有杜宇化身的典故，所以它所渲染的"哀伤"有时又会是一种"悲壮"，这里我们可以举两个爱国诗人的例子。宋朝的文天祥在南宋灭亡后被押送北上，途经南京作了一首《金陵驿》，其中有"从今别却江南路，化作啼鹃带血归"的句子。文天祥此时抱着以身殉国的必死之心，回首南望，知道自己再无回到故土的可能，但却希望死后化作杜鹃鸟飞回，啼血而鸣。清朝的爱国诗人黄遵宪笔下的杜鹃鸟一样慷慨悲壮，他在写给梁启超的诗中有言"杜鹃再拜忧天泪，精卫无穷填海心"。彼时黄遵宪眼看国土为列强瓜分，内心忧急如焚，希望竭尽才智帮助国家实现富强。黄遵宪知道此事艰难万重，所以抱有杜鹃忧天和精卫填海的决心。句中的杜鹃鸟其实和文天祥的诗意一样，也是一种自比。

唐朝最伟大的两位诗人李白和杜甫都曾以《子规》为题写过诗，李白的诗是在被流放夜郎后遇赦的途中写的:"蜀国曾闻子规鸟,宣城还见杜鹃花。一叫一回肠一断,三春三月忆三巴。""三巴"代指蜀国的巴郡、巴东、巴西,李白以听一次杜鹃鸣叫肠断一回的夸张说法,表达着自己对故乡的思念。杜甫的《子规》是在出川返回中原的途中写的:"峡里云安县,江楼翼瓦齐。两边山木合,终日子规啼。"他也把思乡的感情化进了子规啼声中。今天我在选择例诗的时候,又选了李白的诗,只不过这回不是写给自己的,而是写给好朋友王昌龄的。

闻王昌龄左迁龙标遥有此寄
唐 李白

杨花落尽子规啼,闻道龙标过五溪。
我寄愁心与明月,随风直到夜郎西。

李白和王昌龄是相识较早的好朋友,听说王昌龄被贬到边远地区,特写了这首诗寄给他,以表达惜别之情。题目中的龙标是个地名,位于现在的湖南省怀化市一带,在唐代,那里也属于边远地区。"左迁"在古代通常代指被贬官,王昌龄当时被贬为龙标尉。

首句李白就运用了两个意象,杨柳和杜鹃鸟。"杨花落尽子规啼",杨絮飞扬,子规鸣叫,一个是依依惜别的象征,一个是呼唤归来的象征。当然,李白这里也不是纯粹虚写,杨絮飘扬、杜鹃鸟啼叫也点出了那是一个春日时节。

"闻道龙标过五溪",李白感叹,听说龙标是比五溪更加偏远的地方,他对好友的遭遇表达了深切的同情。需要特别说明的是,有人认为句中的

"龙标"是代指王昌龄。事实上古代虽然有以地名代指人物的习惯,但一般不会以贬谪地的名称代指人名,所以这里还是当做地名解释为宜。"五溪"是武溪、巫溪、酉溪、沅溪、辰溪的总称,位于现在的湖南省西部,同属偏远地区,而王昌龄要去的龙标比五溪还要偏远,所以李白有此感叹。

"我寄愁心与明月,随风直到夜郎西。"李白接着说道,我只能把对你的思念,和明月一起,随风一直送到夜郎以西!我们在此后的意象解说中还会说到,其实明月也是一种意象,是一种更常见的表达思念之情的意象。李白开始了丰富的想象,要将明月和自己的思念之情随风一同陪送好友王昌龄,一直到达王昌龄的安居之地。诗中的"夜郎"又是一个地名,"夜郎自大"的成语大家都听说过,那是古代西南地区的一个小国,国君见到汉朝使者居然还提问,夜郎国和汉朝相比,究竟谁更大?在李白的诗里,还是代指被贬谪的偏僻之地。王昌龄左迁龙标尉的时候是开元十五年(727),看过超级同学李白一章的同学应该记得,当时李白还未进入仕途,无官一身轻。他当然不会想到,三十年后,自己居然真的被贬谪夜郎,真是一语成谶啊!

知识链接

这两首诗里的杜鹃鸟,你可知晓?

锦瑟

唐　李商隐

锦瑟无端五十弦,一弦一柱思华年。
庄生晓梦迷蝴蝶,望帝春心托杜鹃。
沧海月明珠有泪,蓝田日暖玉生烟。
此情可待成追忆?只是当时已惘然。

乡村四月

南宋　翁卷

绿遍山原白满川,子规声里雨如烟。
乡村四月闲人少,才了蚕桑又插田。

第三十四章
羌 笛

说完植物、动物，本章要说的是一种用于特定场景的意象——羌笛。羌笛是古代西部羌族使用的一种乐器，距今已有两千多年历史。羌笛由两根竖管组成，并排用线缠绕，每管各有六个音孔，上端装有竹簧口哨，又被称为羌管、芦管。羌笛一般用于独奏，而且容易学习掌握，逐渐成了西北百姓以及戍边将士经常使用的乐器。羌笛的音色深沉低厚，再配上西北边疆特有的环境，听起来天生带有浓重的苍凉感。羌笛和其他诗词中的意象不同，它的特点决定了它一般只出现在边塞诗中，它的意象表征自然以寂寞、悲情为主。

在任何一个朝代，戍边将士都是一个非常辛苦的群体，他们背井离乡，冒着生命危险来到荒无人烟之地，常年陪伴着他们的只有万里黄沙和边关冷月。恶劣的生活条件，时刻可能发生的战斗，构成了边塞生活的主旋律。于是，边塞这一独特氛围也成了诗人笔下的重要内容，当唐朝在开疆拓土的时候，边塞诗在唐代也盛极一时，涌现了王昌龄、高适、王之涣等一批特别擅长写边塞题材诗歌的大诗人。宋朝实施守内虚外的方针，虽没有开拓疆土，却一直伴随着严重的边患，边塞诗词也偶有佳作，只是诗中罕有豪迈之情。

围绕着边塞诗的创作,一些能够特别体现边塞特征的事物成了寄托诗人感情的主要载体,比如玉门关、阳关、关山、大漠、胡笳(也是一种乐器)等等。而今天所说的羌笛,则是边塞诗中出现频率极高的一种意象。"万里胡天云出塞,一声羌笛客登楼""羌笛临风曲,悲笳出塞音""东征健儿尽,羌笛暮吹哀""秋意正随羌笛怨,夜深愁杀倚栏人",凡此种种,无不是以羌笛之声,唱戍人之悲。

边疆生活寂寞困苦,但也有杀敌报国的豪迈,所以羌笛吹奏出的"悲"也分两个方面,是"悲凉"和"悲壮"的结合体。一者为"健儿击鼓吹羌笛"式的悲壮,比如高适所作的《塞上听吹笛》:"雪净胡天牧马还,月明羌笛戍楼间。借问梅花何处落,风吹一夜满关山。"二者为"羌管悠悠霜满地"式的悲凉。比如李益的《夜上受降城闻笛》:"回乐峰前沙似雪,受降城外月如霜。不知何处吹芦管,一夜征人尽望乡。"这些诗都是边塞诗中的经典佳作,羌笛无一例外都成了其中的主角。在接下来这首边塞诗里,我们依然可以听到悠扬的羌笛声。

凉州词·其一

唐 王之涣

黄河远上白云间,一片孤城万仞山。
羌笛何须怨杨柳,春风不度玉门关。

《凉州词》并不是一个特有的题目,而是唐朝时期流传的一种曲调。凉州,位于现在的甘肃武威,又称雍州、雍凉,是中国西北地区的重镇,南北朝时期的前凉、后凉、南凉、北凉、西凉政权都在此建都。在唐朝,凉州是朝廷控扼西域的重要据点，可以说，到了凉州，也就意味着边疆前线，故而，很多边塞诗都以《凉州词》为题。除了我们今天所说的王之涣的《凉州词》外，王翰的那首《凉州词》也极负盛名，"葡萄美酒夜光杯，欲饮琵琶马上催。醉卧沙场君莫笑，古来征战几人回"，想必大家都听过。

王之涣的诗句总是视野开阔、气势磅礴，正如他在《登鹳雀楼》里的"白日依山尽，黄河入海流"一样，《凉州词》前两句也是大开大合。"黄河远上白云间，一片孤城万仞山"，诗人一指就是一幅壮阔的西北边地风光图：极目远眺，黄河蜿蜒而上，一眼望不到它的源头，似乎已经延伸到了天地相接之处，直到深入云间。从诗句文意来看，诗人的角度是由近及远，与《登鹳雀楼》中的"黄河入海流"恰恰相反，而黄河那种浑厚的气势却是一致的。

"一片孤城万仞山"，边地风光总是荒漠千里，群山绵延，"仞"是古代的长度单位，一般以七尺或八尺为一仞，万仞自然是形容山的高度，比如陆游也写过"五千仞岳上摩天"。在高山和荒漠的映衬下，一座孤城格外显眼，这座孤城是边关将士的驻守之地。孤城既是景物的写实，同样也是戍边将士孤寂心理的一种象征，正如"孤城遥望玉门关""长烟落日孤城闭"等名句一样，这里的"孤"，也是一语双关。

第三句"羌笛何须怨杨柳"，我们的羌笛恰到好处地出现了，在一片荒凉萧瑟的景象里，将士们听到了远处传来的羌笛声，心中不禁泛起对家乡的浓浓思念，使人遐想感叹：羌笛，你何须埋怨杨柳呢？需要说明的是，很多书中都将此句中的"杨柳"解释为《折杨柳》，但如此一来，无论是解释为"羌笛怨折柳曲"，还是解释为"羌笛吹奏折杨柳"都会显得很生硬。事实上,我们说过,杨柳本身就是表征惜别、留恋的意象,这里无须再将其演绎为《折杨柳》。

最后一句"春风不度玉门关"。将士们纵然乡愁难解,但依然只能低头自嘲:羌笛不要再埋怨杨柳了,春风本来就无法吹过玉门关呀。好一句意蕴万千的话,里面有着守边将士的无奈,有他们的厌战思归之情,也有一种职责所系、家国难两全的自我宽慰。其实,这种矛盾纠结,是正常的人性反应,守边将士也是有血有肉的人,他们丰富的内心,我们只能在羌笛的乐曲中慢慢品味了。

知识链接

下面两首运用羌笛意象的诗,你可听说过?

从军行

唐　王昌龄

烽火城西百尺楼,黄昏独坐海风秋。

更吹羌笛关山月,无那金闺万里愁。

白雪歌送武判官归京(节选)

唐　岑参

瀚海阑干百丈冰,愁云惨淡万里凝。

中军置酒饮归客,胡琴琵琶与羌笛。

第三十五章
江 水

除了花、鸟等特定的物体可以成为诗词意象外,一些常见的事物有时也可以成为一种意象,比如我们今天要说的"水"。

"子在川上曰,逝者如斯夫。"水经常用来传递因时光流逝所带来的感伤和哀愁。我们现在也经常说"似水流年""流光似水。"古往今来,诗人或凭栏观望,或登高远眺,或伫立江边,或置身舟上,面对滔滔流水,发出无限感慨。"长江悲已滞,万里念将归",远游的王勃想念家乡了;"江流石不转,遗恨失吞吴",杜甫面对江水,钩沉出诸葛亮的是非功过;"曲终人不见,江上数峰青",这是唐朝诗人钱起应试诗中的结尾句,他也因此一"句"成名。

要说以水表达岁月逝去之情,永远绕不过李白的《将进酒》:"君不见黄河之水天上来,奔流到海不复回!君不见高堂明镜悲白发,朝如青丝暮成雪……"李白在《将进酒》中就曾感慨,自己的年华就像江水流到海里,一去不复返了。这基调又颇似乐府诗《长歌行》中的"百川东到海,何时复西归?少壮不努力,老大徒伤悲"。

除了感怀自己的岁月外,诗人也会借着江水表达身边事物的物是人非。王勃登上滕王阁后写了一篇名垂千古的《滕王阁序》,序末他作了一首诗,其中一句便是"阁中帝子今安在,槛外长江空自流"。李白登上金陵凤凰台后,也曾题诗感叹:"凤凰台上凤凰游,凤去台空江自流。"我们可以想象,王勃正对着江水感叹:滕王阁伫立依旧,阁中的王公贵族已经不在了!李白则对着江水独自低吟:凤凰台还在,而凤凰已经不在了。

睹物思人是人之常情,当我们来到一些景点时也会感慨,那些精巧的馆阁楼台依然矗立,它们的主人无论曾经如何显赫发达,却都已躲进了故纸堆里。今天,我们就要跟着唐诗,到一个著名景点去看一看。

黄鹤楼
唐 崔颢

昔人已乘黄鹤去,此地空余黄鹤楼。
黄鹤一去不复返,白云千载空悠悠。
晴川历历汉阳树,芳草萋萋鹦鹉洲。
日暮乡关何处是?烟波江上使人愁。

崔颢之所以为人所熟知,全因这首《黄鹤楼》。传说李白也曾登上黄鹤楼,见到楼上美景,想着题诗一首,忽然抬头看见上面已经有一首崔颢所题的《黄鹤楼》,不禁为之搁笔,发出"眼前有景道不得,崔颢题诗在上头"的感叹。能够使诗仙缩手不题诗,想来这首诗肯定精妙非凡。

很多人把《黄鹤楼》的成功归结为立意的巧妙。诗人登楼抒情,一般都是从写景入手,而崔颢却是从黄鹤楼的传说写起。相传从前有一个姓辛的先生以卖酒为业,有一天,店里来了一位衣衫褴褛的穷客人,穷客人向辛先生要一杯酒喝,辛先生没有轻慢他,而是恭敬地奉上了一大杯酒。从此以后，穷客人经常来向辛先生要酒喝，辛先生也不生气，每次都供他酒喝。有一天，客人对辛先生说："我欠你很多酒钱，没法还你，就为你画一幅画吧。"于是，他用橘子皮画了一只黄色的鹤在墙上。画完后，穷客人一边唱歌，一边用手打起节拍，墙上的黄鹤居然活了起来，还随着歌声翩翩起舞。从此，这只神奇的黄鹤为辛先生招揽了很多顾客。过了一段时间，那位穷客人再次来到店里，辛先生上前感谢那位客人，并表示要继续请他喝酒。客人笑着回答："今天，我可不是喝酒来的。"说完，他取出了一个笛子吹奏起来，不久，一朵朵白云随着笛声从空中降下，墙上那只黄鹤也随着白云飞到客人面前，穷客人骑在黄鹤的背上，驾云而去。辛先生为了纪念这段神奇的经历，便盖了一栋楼，取名"黄鹤楼"。

黄鹤楼的传说其实还有很多版本，但都有仙人骑鹤的情节。崔颢的诗即以传说开篇："昔人已乘黄鹤去，此地空余黄鹤楼。黄鹤一去不复返，白云千载空悠悠。"他告诉大家，仙人已经骑着黄鹤离开，这里只剩下一座黄鹤楼，黄鹤飞去不复返，千百年来只剩下白云悠悠飘荡。简简单单四句话，诗人在道尽传说的同时，也把岁月不再、世事苍茫的感慨隐藏其中。

其实，按照通常创作规律，诗中一般都不会出现重复的字词，崔颢一反常态，连用三个黄鹤，读起来却别有韵味，一点都不显得累赘，这也再次证明了文无定法、贵在自然才是创作的核心精神。事实上，李白的很多诗，妙也妙在"自然"二字，难怪他看了崔颢的诗后，有一种惺惺相惜的感觉。

"晴川历历汉阳树，芳草萋萋鹦鹉洲"，诗的第五六句是一组工整的对联，要理解这两句话，必须费功夫解析下专有名词。"晴川"是指阳光照射下的江面。"历历"是清楚的样子,和"历历在目"中的历历是一个意思。"汉阳"是一个地名,武汉三镇之一,位于汉水北岸。"萋萋"是形容草木茂盛的样子。"鹦鹉洲"也是个地名,在武汉武昌境内,据说,东汉江夏太守黄祖的儿子黄射曾在此大宴宾客,有人献上一只红嘴鹦鹉,由此得名鹦鹉洲。词意连在一起是说:阳光映射下,汉阳江面清澈,树木清晰可辨,放眼鹦鹉洲内,草木一片繁茂。

最后两句"日暮乡关何处是?烟波江上使人愁",我们终于看到了诗人的感慨和我们熟悉的意象。诗人在黄鹤楼上发出感叹:黄昏日落,哪里是我的家乡呢?江面烟波渺渺,让人感到无限愁绪。显然,诗人最后又呼应了前面的"黄鹤一去不复返,白云千载空悠悠"。其实一去不复返的何止是骑鹤仙人,更是流逝的岁月。

后人对崔颢这首诗一贯评价很高,很多人甚至将它列为"七律之冠"。李白后来还曾作过一首《鹦鹉洲》,前四句是"鹦鹉东过吴江水,江上洲传鹦鹉名。鹦鹉西飞陇山去,芳洲之树何青青",和崔颢所作的《黄鹤楼》句法何其相似。我们前面提到的《登金陵凤凰台》在笔法上与这首诗也很相像。所以说,李白觉得崔颢写得好,绝非虚夸。那么,诗仙点赞的诗,我们怎能不好好学习?

> **知识链接**

李白的《登金陵凤凰台》和王勃的《滕王阁诗》全文如下,虽然有点长,但真的很美。

登金陵凤凰台

唐 李白

凤凰台上凤凰游,凤去台空江自流。

吴宫花草埋幽径,晋代衣冠成古丘。

三山半落青天外,二水中分白鹭洲。

总为浮云能蔽日,长安不见使人愁。

滕王阁诗

唐 王勃

滕王高阁临江渚,佩玉鸣鸾罢歌舞。

画栋朝飞南浦云,珠帘暮卷西山雨。

闲云潭影日悠悠,物换星移几度秋。

阁中帝子今何在?槛外长江空自流。

第三十六章
月 亮

在古诗词中，要论最常见的意象，非月亮莫属。

古往今来，人们对于高挂在夜空中的月亮总是充满各种幻想，很多同学应该都从长辈口中听过"嫦娥奔月""吴刚伐桂""玉兔捣药""月宫金蟾"等传说，也肯定知道中秋赏月、吃月饼的习俗。在孩子的眼中，月亮应该是纯净美好的，所以大诗人李白告诉我们"小时不识月，呼作白玉盘。又疑瑶台镜，飞在青云端"。确实，白玉盘、瑶台镜都是美好的想象。然而，人终究要长大，当月亮来到诗人的笔下，它将要承载不同的意蕴，既有清幽、空灵，又有凄凉、思念，万千变化，一如月亮的阴晴圆缺。

在宁静的夜晚，纯净雅致的月亮挂在空中，总能营造一种清幽空灵的氛围。在诗人的眼里，这是一个安放心灵的情境。"明月松间照，清泉石上流""月出惊山鸟，时鸣春涧中""深林人不知，明月来相照"，在王维的眼中，月光穿过山谷、松林，留下斑驳碎影。"野旷天低树，江清月近人""可怜九月初三夜，露似珍珠月似弓"，在孟浩然、白居易的眼中，月亮映照江面上，洒下点点银光。"大漠沙如雪，燕山月似钩"，在李贺的眼里，那又是一弯挂在空旷天地间的边关冷月。

思念是诗歌的永恒主题，亲人、好友一旦彼此相隔远方，他们唯一能共同看见的事物，就是那一轮皓月。此时，月亮是维系诗人和牵挂者的唯一纽带。"床前明月光，疑是地上霜。举头望明月，低头思故乡。"李白的《静夜思》二十个字，却用了两个"明月"，思乡之情，正如月光一样，挥不去、躲不掉。"露从今夜白，月是故乡明""今夜月明人尽望，不知秋思落谁家""春风又绿江南岸，明月何时照我还"，在杜甫、王建、王安石的笔下，月亮是有灵性的使者，能够倾听诗人的诉说。

月光清冷，月色孤寂，月亮也经常用来表达人们凄苦、悲凉的心境。"月落乌啼霜满天，江枫渔火对愁眠。姑苏城外寒山寺，夜半钟声到客船。"张继的故事我们早已说过，他把悲伤写到了极致，自然也少不了月色的衬托。"醉不成欢惨将别，别时茫茫江浸月……东船西舫悄无言，唯见江心秋月白……今年欢笑复明年，秋月春风等闲度……去来江口守空船，绕船月明江水寒……春江花朝秋月夜，往往取酒还独倾"，白居易的《琵琶行》里月亮出现了五次，长夜、孤舟、江面、寒月，这几乎成了无数诗人抒发愁思的标配情境。

月亮太普通了，又太神奇了，它往往透着一股欲说还休的寂寞，引人思索遐想。今天，我们选择的例诗是张九龄的《望月怀远》，看看这位宰相诗人又是如何借月抒怀的。

望月怀远

唐　张九龄

海上生明月，天涯共此时。
情人怨遥夜，竟夕起相思。
灭烛怜光满，披衣觉露滋。
不堪盈手赠，还寝梦佳期。

张九龄是盛唐时期著名的政治家、文学家，在开元时期曾任宰相，后期因李林甫的排斥而罢相。《望月怀远》是张九龄被贬为地方官后，在一个月明之夜思念家乡亲友而写的一首诗。"海上生明月，天涯共此时"，一轮明月从海面上升腾而起，相隔千里之外的亲人此时正共赏这一轮皎洁明月。这是全诗中最著名的句子，诗人单刀直入，为我们铺开一幅雄浑阔大的画面。

"情人怨遥夜，竟夕起相思。"这里的"情人"，可不是单指男女情侣，我们可以理解为"多情的人""怀着思念之情的人"。显然诗人自己就是这样一位多情人，诗人希望，远方的亲友如果看见这轮明月，他们的思念就会因为月亮而彼此相连。"遥夜"就是"漫漫长夜"，"竟夕"就是彻夜、通宵的意思。是啊，多情的人儿怨恨着漫漫长夜，在彻夜难眠的时候，对着月亮，思念之情油然而生。

"灭烛怜光满，披衣觉露滋。"张九龄的笔触又回到了孤单的自己，"怜"是"爱怜"，"滋"是"沾湿"。诗人远望海上明月之后，独自回到室内，依然无法入睡，他轻轻吹灭蜡烛，却发现室内也铺洒着一层银色的月光。诗人久久无法入睡，又起身来到庭院徘徊，夜深露重，身上的衣裳也被露水沾湿。那轮明月一直没有离开诗人,如乡愁一般挥之不去。

"不堪盈手赠,还寝梦佳期。""盈手"是双手捧满之意,这里,张九龄化用了晋代陆机"照之有余辉,揽之不盈手"两句诗。他在望月之后,无奈地自语"远方的亲友,我无法将月光捧起来赠送给你,只能回到睡梦,希冀在梦中和你们相聚"。所谓"柔情似水,佳期如梦",这里的"佳期"正是指诗人和亲友重聚的那一刻。张九龄在无奈地幻想与亲友重聚的那一刻,或许,这同时又暗藏了他的政治寄托。

> 知识链接

张若虚的《春江花月夜》号称"孤篇压全唐",不仅写得美,更是把月亮所能传达的意境悉数囊括其中,值得欣赏。

春江花月夜

唐 张若虚

春江潮水连海平,海上明月共潮生。
滟滟随波千万里,何处春江无月明!
江流宛转绕芳甸,月照花林皆似霰。
空里流霜不觉飞,汀上白沙看不见。
江天一色无纤尘,皎皎空中孤月轮。
江畔何人初见月?江月何年初照人?
人生代代无穷已,江月年年望相似。
不知江月待何人,但见长江送流水。
白云一片去悠悠,青枫浦上不胜愁。
谁家今夜扁舟子?何处相思明月楼?
可怜楼上月徘徊,应照离人妆镜台。
玉户帘中卷不去,捣衣砧上拂还来。
此时相望不相闻,愿逐月华流照君。
鸿雁长飞光不度,鱼龙潜跃水成文。

昨夜闲潭梦落花，可怜春半不还家。

江水流春去欲尽，江潭落月复西斜。

斜月沉沉藏海雾，碣石潇湘无限路。

不知乘月几人归，落月摇情满江树。

第三十七章
渔 翁

到了这一章，我们关于诗的意象解读即将结束。前面我们介绍了很多脱胎于动物、植物、器具的意象，今天我们要说最后一个关于人的意象——渔翁。

在开始介绍前，先讲一个故事，故事是关于清朝大才子纪晓岚的。相传，有一天，乾隆皇帝和纪晓岚逛到江边，看见一个渔夫在钓鱼，乾隆皇帝要求纪晓岚以钓鱼翁为题写一首诗，诗里面必须镶嵌十个"一"字。可是，诗一共才几个字啊？这也太难为人了，不过纪晓岚毕竟是大才子，还真写了一首妙诗："一篙一橹一叶舟，一丈长竿一寸钩。一拍一呼复一笑，一人独占一江秋。"纪晓岚说完，乾隆皇帝赞不绝口，立刻赏了纪晓岚。当然，这只是个不知真伪的故事，不过那首诗确实很巧妙，寥寥几笔就把一个渔翁垂钓的场景写活了，末句还很有意境。

回过头来，我们继续探究渔翁的意象。谈到渔翁，离不开一个家喻户晓的人物，姜子牙，即姜太公。相传，姜太公在渭水河边垂钓，别人的鱼钩是弯的，他却用直钩，奇怪的举动反而引来周文王的注意。此后就是姜子牙辅佐周王推翻商纣，建立周朝的故事。人常说"姜太公钓鱼，愿者上钩"，显然，他等的不是鱼，而是赏识他才华的明主。知遇明主，进而辅佐他治国平天下，那是所有读书人的终极梦想。于是，在姜子牙的榜样作用下，渔翁成了那个等待明主的人。

孟浩然写过一首《望洞庭湖赠张丞相》，诗是写给宰相张九龄的，孟浩然希望得到张九龄的推荐，但不好意思直接说，就用诗句委婉地表达："坐观垂钓者，徒有羡鱼情。"翻译过来就是：别人垂钓我却只能干瞪眼，真羡慕那些有机会钓鱼的人。孟浩然当然不是真的想钓鱼，他只是希望有机会为朝廷效力。宋代状元宰相吕蒙正在一首题为《读书龙门山土室作》的诗中写道："八滩风急浪花飞，手把鱼竿傍钓矶。自是钩头香饵别，此心终待得鱼归。"吕蒙正出身贫寒，靠科举改变命运，他直接以渔翁自比，立志要迎风踏浪钓到鱼，也就是求得功名。唐朝还有个叫常建的诗人，他写有一首《戏题湖上》，其中说道："湖上老人坐矶头，湖里桃花水却流。竹竿袅袅波无际，不知何者吞吾钩。"在他眼里，烟波浩荡，不知道是哪条鱼来吞他的钩呢。很明显，他和姜子牙一样，在钓一条"大鱼"。

诗歌中的渔翁形象还具有两面性，有不少渔翁在等待知遇明主，一旦碰到合适的机会，收起钓竿转身就走人了，他们是在"等待入世"。可还有一些渔翁，经历了官场的风风雨雨，早就看破红尘，只希望过几天安静日子，这些渔翁以独善其身的形象示人，追求的是"超然出世"。

柳宗元的《江雪》可能是同学们最早接触的渔翁，"孤舟蓑笠翁，独钓寒江雪"。在荒寂的山中，没有一丝人迹，连鸟儿的踪影也见不到，一个渔翁坐在小船上，独自一个人在江上垂钓。渔翁成了白色雪景中孤独的一点，也隐喻着诗人的孤独感。所以，有人说，这是一首藏头诗，每一句的第一个字正好组成"千万孤独"，套用一句流行的网络语，渔夫钓的不是鱼，而是寂寞啊！再看杜牧的《渔父》一诗："白发沧浪上，全忘是与非。秋潭垂钓去,夜月叩船归。"很巧,晚唐诗人罗隐也写过一首《赠渔翁》,其中有句"是非不向眼前起,寒暑任从波上移"。他们笔下的渔翁都已经忘却世间的是非得失,是一个真正的闲人。

关于渔翁的双面形象,明朝的开国元勋刘伯温曾写过一首诗,很能说明问题。诗中有两句:"秋风江上垂纶客,知是严陵是太公?"严陵是指东汉不愿做官的名士严子陵,太公当然是指姜子牙。刘伯温提出疑问:江上钓鱼的那个人,究竟是不愿入仕途的严子陵,还是等待文王的姜子牙呢?真是城里的人想出去,城外的人想进来。

其实,刘伯温的那首诗并不是看见实景后的描述,而是观赏一幅垂钓图后的感想,所以诗题原为《题秋江独钓图》。有意思的是,古代关于垂钓的画作也比较多,相应的画上题诗也非常多,今天我们要说的这首例诗,题目居然和刘伯温的那首一样,也叫《题秋江独钓图》。

题秋江独钓图

清 王士祯

一蓑一笠一扁舟,一丈丝纶一寸钩。
一曲高歌一樽酒,一人独钓一江秋。

这是清朝初年诗人王士祯写的诗,大家一看这首诗肯定会惊呼,这首诗和前面纪晓岚的《钓鱼》非常像啊!都是用了很多"一",也是一首奇妙的"一字诗"。仔细数数,会发现王士祯比纪晓岚少用了一个"一"。不过,王士祯作这首诗的时间要比纪晓岚早很多,句式韵脚又基本一致,很可能纪晓岚在创作时参考了王士祯的作品呢。如果乾隆皇帝知道纪晓岚是拷贝了别人的作品，说不定还得把赏赐收回去。

"一蓑一笠一扁舟，一丈丝纶一寸钩"，诗人在前两句里用五个"一"连续描述了和渔夫相关的五个物件，一件蓑衣、一顶斗笠、一叶扁舟、一根钓丝、一根渔竿，这些物件可以说是渔夫的标配。

如果说前面两句是诗人对画面的写实描述的话，那么后面两句则更多的是诗人对渔翁的想象："一曲高歌一樽酒，一人独钓一江秋。"王士祯想象，渔翁一边喝着自家的米酒，一边放声高歌。他或许是一个超然世外、旷达豪爽的渔翁，或许是一个厌倦仕途、退隐山林的官员，又或许是一个终身不仕、喜欢弹琴养鹤的高士。

诗人在最后一句告诉我们，"一人独钓一江秋"。柳宗元的渔翁钓雪，王士祯的渔翁则是钓秋。他究竟是在钓什么，答案或许还可以有千百种：旧日的回忆？放松的心情？安静的生活？内心的不平？或许兼而有之。说到底，依然是士大夫心中进亦纷扰、退又不甘的矛盾心理。

> 知识链接

喜欢享受生活的孟浩然难得"上进"一回,他的求荐诗必须得学一下。原来,用几个"一"来描绘渔翁的诗还不止纪晓岚和王士祯,陈沆也写过一首,这个渔翁3.0版本你觉得如何?

望洞庭湖赠张丞相
唐　孟浩然

八月湖水平,涵虚混太清。
气蒸云梦泽,波撼岳阳城。
欲济无舟楫,端居耻圣明。
坐观垂钓者,徒有羡鱼情。

一字诗
清　陈沆

一帆一桨一渔舟,一个渔翁一钓钩。
一俯一仰一场笑,一江明月一江秋。

格律篇

第三十八章
为什么朗朗上口

本章开始,我们来谈一谈诗的格律。格律包括两部分内容:一是韵脚,二是平仄。咱们先来说韵脚。

同学们可能都会有一个感觉,诗句总是听起来生动优美,读起来朗朗上口,特别容易让人记住。这到底是怎么回事呢?其中的一个重要原因就是"押韵"。何谓"押韵"?简而言之,就是一首诗中某几句的最后一个字,韵母相同或相近。其中,用来押韵的那个字,我们称为"韵脚"。

诗是非常讲究押韵的,出了韵,你的语句再优美,都不能算诗。其实,不光是诗词,哪怕是儿歌、绕口令、俏皮话,甚至打油诗,都会有押韵的现象。大家还记得吗?刚上小学的时候,一年级第一课《上学歌》怎么唱来着:"太阳当空照,花儿对我笑,小鸟说早早早,你为什么背上小书包,我去上学校,天天不迟到,爱学习爱劳动,长大要为人民立功劳。"你听,"照、笑、早、包、校、到、劳"这些放在句子尾部的字,它们的韵母都含有"ao"。

说到这里,很多人会有疑问,汉语拼音是新中国成立以后才有的,古人又没有拼音,根据什么押韵呢?答案是根据读音来判断,这里马上又出现了新问题。当时又没有统一普通话,各地的发音也不一样,以谁为准呢？不信，你让来自西北的杜牧和来自南方的贺知章一起读一读"火红凤凰飞"，肯定要打架。所以说，还是要有个大家都认可的标准。

古人想出的办法是制作"韵书"。简单地说，就是根据读音对常用字分类，把属于同一个韵部的字都集合在一起，并用一个常用字来代表一组韵。古代的韵书，正类似于现在的专用字典。你想作诗，一查就知道，哪几个字属于同一个韵部。比如，李白的《独坐敬亭山》："众鸟高飞尽，孤云独去闲。相看两不厌，唯有敬亭山。"其中，韵脚"闲"和"山"都出自【删】韵。【删】韵下面常用字共有四十多个，如果你确定在自己的诗里用【删】韵，就得在这四十几个字里面挑选韵脚。

早在南北朝的时候，就有人开始撰写韵书，到了隋朝，出现了比较权威的《切韵》一书，后又出现了唐朝的《唐韵》、宋朝的《广韵》，最后是南宋的《平水韵》，再后来就没大的变化了。写格律诗一般以《平水韵》为准。说到这里，有同学可能又要嘀咕，把同韵的字整理出来也不方便，难道诗人作诗的时候还要随身携带字典吗？以《平水韵》为例，每个韵部分别包含少则几十个，多则上百个字，谁记得住？

这确实又是一个大问题，但也难不倒诗人，因为常用的字并不多，能运用到诗歌创作里的就更少了，记住最典型的几首诗、最常用的几个字，然后就靠熟能生巧喽。很多小朋友可能还接触过《笠翁对韵》《声律启蒙》等启蒙读物，这些书主要就是供初学者熟悉用韵的。熟读这些书，既能帮你熟悉韵律，还能懂得一些平仄、对仗、用词以及人文典故方面的知识，非常管用。

这里还得多提一句，从古至今，字音是在发生变化的，比如常用字"东"和"冬"，按照现代拼音来看，这两个字读音完全相同，但在古代它们却分属于不同的韵部。我们若要学做格律诗，还是必须按照古人规定的诗韵来。

关于韵的知识非常丰富，具体运用到作诗中，究竟该如何选取韵脚呢？里面还有不少规则，我们讲最基础的三条。

第一条规则：押平声韵。用来押韵的那个字，一般需是平声字。古人虽然也分四个音调，但他们的音调和我们拼音中的四声并不一一对应。古人的"平声"通常对应我们拼音中的第一声（阴平）和第二声（阳平）。在《平水韵》的106组韵中，平声韵共占有30组。

顺便说一下，押平声韵是格律诗区别于古体诗的重要特征。我们熟知的李绅《悯农》和孟浩然的《春晓》等诗，因为押的是仄声韵，所以一般被认为是古体诗。

第二条规则：偶句押韵。也就是说，二四六八句必须押韵！不管是四句的绝句，还是八句的律诗，都一样。那么一三五七句可不可以押韵呢？三五七句是不可以的，但诗的第一句倒可以押韵，而且很多诗都首句入韵。第一句诗在选择韵脚时还有点"特殊待遇"，如果在某一个韵部里找不到合适的字，还可以到读音相近的韵部中找字，我们称之为押"邻韵"。

第三条规则：同韵不同音。成为韵脚的字既属于同一个韵部，但又不能发音完全相同。比如说，你选择一个"红"字做韵脚，还可以继续选用同韵部的"中""同"等字做韵脚，但不能再选用"虹""鸿"等发音和"红"完全相同的字做韵脚。这也是为了声律的和谐，不信你试试看，如果用发音相同的字做韵脚，保准让你感受到打油诗的味道。

好了，咱们现在就选一首诗，来检验一下上面几条规则——杜甫的

《闻官军收河南河北》。

闻官军收河南河北

唐　杜甫

剑外忽传收蓟北，初闻涕泪满衣裳。

却看妻子愁何在，漫卷诗书喜欲狂。

白日放歌须纵酒，青春作伴好还乡。

即从巴峡穿巫峡，便下襄阳向洛阳。

杜甫的这首诗写于唐代宗广德元年（763），五十二岁的杜甫听说朝廷军队打了大胜仗，欢欣鼓舞，急着奔回老家。杜甫的诗都是才凄苦为主基调，描绘喜悦心情的着实不多，这是流传较广的一首。

首联"剑外忽传收蓟北，初闻涕泪满衣裳"。杜甫开篇就告诉我们，他忽然听到了朝廷打胜仗的好消息，激动得热泪盈眶。这里的"剑外"和"蓟北"都是代表地理位置，"剑外"是指剑门关以外，因为当时杜甫人在四川，所以说是从剑外收到了消息。"蓟北"是现在的河北北部，那里本属于叛军的大本营，现在听说朝廷军队收复失地，杜甫高兴得直流眼泪，流下的眼泪还沾湿了衣裳。注意哦，杜甫这首诗用的韵脚已经出现了——裳，在这里发音cháng。按照平水韵，这个字属于【阳】韵，这是一个收字较多的韵。看来，接下去杜甫的选择余地会比较大。

颔联"却看妻子愁何在，漫卷诗书喜欲狂"。杜甫继续描述兴奋的心情，这回他没写自己，而是写了妻子儿女，"却看"就是"回头看"。杜甫说，回头一看妻子儿女，他们也一扫愁容，他匆匆地收拾着书籍行李，所有人高兴得忘乎所以，近乎一副狂态。"喜欲狂"写出了杜甫一家的高兴劲儿，也告诉我们第二个韵脚——狂，音kuáng。你看，和"裳"一样，韵母也含有ang。

　　颈联"白日放歌须纵酒，青春作伴好还乡"。这时候，杜甫要把喜悦转化为实际行动了。杜甫说他要"放歌""纵酒"，换句话说，他要喝酒、唱歌去喽，这有点类似现代人去KTV喝酒唱卡拉OK。很难想象，写出"飘飘何所似，天地一沙鸥"的杜甫居然有如此情态，看来，确实"喜欲狂"了。第二句里的"青春"指春天的景物，白天唱着歌，喝着酒，沐浴着春风，杜甫和家人宣布，咱们要回家乡了！杜甫高兴归高兴，押韵的规则可没忘，第六句最后一个字——乡，音xiāng，韵母中依然含有ang。

　　尾联"即从巴峡穿巫峡，便下襄阳向洛阳"。杜甫已经在畅想自己的回乡行程了。两句诗包涵四个地名："巴峡"与"巫峡"，"襄阳"与"洛阳"，句子之间构成对仗，每个句子内的两个地名又自成对偶，非常工整贴切，这也很符合杜甫的风格。"巴峡"在现在的重庆境内，"巫峡"则位于重庆和湖北的交界处，杜甫要自西向东沿长江出川，就得走这条水路。"襄阳""洛阳"就不用多说了，一个在湖北，一个在河南，按照设想，此时杜甫要弃船登岸，开始走陆路了。"穿"过江上狭窄的峡谷，踏上奔"向"中原的大路，杜甫的急切心情呼之欲出。我们最后的一个韵脚也揭晓了——阳，音yáng，不用说，它可是这组韵的代表字。

　　裳、狂、乡、阳。怎么样，四个韵脚用得多么准确贴切，不愧诗圣杜甫嘛。只可惜，杜甫并没有真的如诗中所言，马上离开四川回家乡，所有都只是他一时的美好想象而已，待他真的出川，已经是五年之后，又一次被迫颠沛流离而已。

知识链接

介绍一点关于《平水韵》的小知识。

《平水韵》共有三十组平声韵,分别是上平声十五个韵:一东、二冬、三江、四支、五微、六鱼、七虞、八齐、九佳、十灰、十一真、十二文、十三元、十四寒、十五删。下平声十五个韵:一先、二萧、三肴、四豪、五歌、六麻、七阳、八庚、九青、十蒸、十一尤、十二侵、十三覃、十四盐、十五咸。上平声和下平声并没什么大区别,只是因为平声字比较多,所以分成了两部分,纯粹是古人为了方便记忆。

第三十九章
铁三角"花家斜"

听了前面的讲解,有些同学肯定还会觉得,古人作诗真不容易,不但要考虑到诗意,还必须在固定的几个字里面选择韵脚,太束缚手脚。事实上,只要你熟悉了规则,韵脚不但不是束缚,反而会是一种帮助。因为在一个韵部下面,并不是所有的字都适合进入诗句,诗人只要围绕少数几个字去遣词造句即可。比如《平水韵》【麻】韵里面有"芭、渣、纱、花、痂、胯、家、霞、斜(xiá)"等很多字,其中的"芭、痂、渣"等不太具有美感,自然也不太会入诗,更不用说成为韵脚。但是,"纱、花、霞"等字眼就很容易成为韵脚。看到上面三个字,你可能马上就想到了"虫声新透绿窗纱""隔江犹唱后庭花""凤吹声如隔彩霞"等句子。

所以,如果你细心地观察古人所作的诗,就会发现,他们常用来做韵脚的字也就那么几个,每个韵部下面都有几个我们天天打照面的"老熟人"。只要记住这些老熟人,你背诵和理解诗句就游刃有余,甚至都可以自己尝试作诗。从本章开始,我们会挑选几组最常用的韵脚,来向大家介绍一下诗的押韵奥秘。

今天,我们要讲的第一组常用韵脚就从上面提到的【麻】韵说起。在【麻】韵下面,有三个字非常奇怪,它们不但经常被选为韵脚,还时常一起出现，就像三个十分要好的小伙伴。

我说的是"花、家、斜"三个字。同学们一听到，可能会诧异，"花"和"家"韵母都含有a，那个"斜"是怎么回事呢？我们说过，古代的读音和现在的不一样嘛，"斜"在古代的发音是"xiá"，而不是现在的"xié"。

下面我们来读五首诗，看看"花、家、斜"这组押韵"铁三角"是如何配合的。

寒食

唐　韩翃

春城无处不飞花，寒食东风御柳斜。
日暮汉宫传蜡烛，轻烟散入五侯家。

这是唐朝诗人韩翃的代表作，主题为寒食节。寒食节相传因纪念晋国名臣介子推而设，按传统，人们在那天必须禁烟火，只能吃冷食。诗中的"春城"代指长安，"御柳"指皇宫柳树，"汉宫"代指皇宫，"五侯"原指汉成帝封皇后的五个兄弟为侯，诗中则代指当时获宠的权贵。韩翃描写的寒食节别有一番味道：春日里，长安城处处花开，暖风习习，皇城内柳枝低斜，随风飘荡。寒食节到了，宫中又传送出专门赏赐权贵近臣的蜡烛，普通百姓家家都吃着冷食，而这些宠臣的府院内却飘出袅袅轻烟。从字面意思看，诗人还是带着小小的讽喻，百姓在寒食节禁火纪念忠臣，权贵的家中却还享有特权。当然，今天我们的关注点，是诗人所用的韵脚："不飞花""御柳斜""五侯家"，"花、家、斜"三个字。

乌衣巷

唐　刘禹锡

朱雀桥边野草花，乌衣巷口夕阳斜。
旧时王谢堂前燕，飞入寻常百姓家。

此首为刘禹锡著名的咏史怀古诗作。乌衣巷是我国历史悠久的著名古巷，位于南京秦淮河旁，晋代王、谢两大豪门的宅邸就在那里，当时的贵族子弟都喜欢穿乌衣，古巷也因此而得名。朱雀桥是位于南京秦淮河上的一座桥，六朝时期因正对朱雀门而得名。"王谢"，是指以王导、谢安为代表的晋朝王谢两大家族。

搞清楚上述名词后，我们的诗就很好理解了：还是那座孤零零的朱雀桥，桥边早已长满野草野花。夕阳西下，余晖斜照到乌衣巷口，然而，当年王谢豪门深院里的燕子翩跹飞舞，如今已来到了寻常百姓家中。诗人想说世事沧桑变化，富贵地位也不过过眼云烟，但他没有直接表达观点，而是以朱雀桥、乌衣巷的景色渲染氛围，以燕子飞进百姓家作为隐喻，写得非常独特巧妙。"野草花""夕阳斜""百姓家"，"花、斜、家"三个韵脚和上面一首的顺序都是一致的。

山行

唐　杜牧

远上寒山石径斜，白云生处有人家。
停车坐爱枫林晚，霜叶红于二月花。

杜牧的这首写景诗是语文课本里的常客。诗意也非常容易理解：深秋日暮，兴步徜徉山间，但见一条石头铺成的小路蜿蜒而上，循路望去，在那白云缭绕之处，隐隐约约还能看到几户人家，如此美景，怎能不让人驻足留连？故而，我停下马车，细细欣赏这傍晚的枫林。片片枫叶经过秋霜浸染后，真比二月里的鲜花还要艳丽可人。"石径斜""有人家""二月花"，还是三个老朋友哦。

雨过山村

唐　王建

雨里鸡鸣一两家，竹溪村路板桥斜。
姑姑相唤浴蚕去，闲着中庭栀子花。

王建的名气没有上面几位那么大，这首田园诗却也写得很别致：小雨过后，村里家家户户传来鸡鸣声，村边小路的竹林边，一条小溪静静流淌，小溪之上横卧着一条木板桥。远处走来一对嫂嫂和小姑子，她们笑吟吟地互相呼唤着，一同忙着去选蚕种。只有那农家庭院里的栀子花，独自盛开着，一幅清新的农忙场景。"一两家""板桥斜""栀子花"，三个韵脚又换了下顺序。

菊花

唐　元稹

秋丛绕舍似陶家，遍绕篱边日渐斜。
不是花中偏爱菊，此花开尽更无花。

最后一首是大诗人元稹的,他写的是家里的菊花,在介绍意象菊花时我们提到过这首诗。第一句里的陶家是指晋代的陶渊明,元稹如此描述:秋日里,我家庭院中的菊花芬芳吐艳,一簇簇菊花绕满庭院,乍一看,好似到了陶渊明的家中。我绕着篱笆仔细欣赏菊花,不知不觉间,太阳已经下山。我之所以如此忘情,并不是特别偏爱菊花,只是因为待菊花开过之后,再也无花可赏了啊!"似陶家""日渐斜""更无花",还是"家、斜、花"这个铁三角。

你看,讽喻现实的、咏史怀古的、山水景色的、田园生活的、咏物抒情的,各个种类的诗都用上了"花、家、斜"三个字,这个铁三角太受诗人欢迎了。

> **知识链接**

你还知道其他以"花、家、斜"三个字为韵脚的诗吗?

寄人

唐　张泌

别梦依依到谢家,小廊回合曲阑斜。

多情只有春庭月,犹为离人照落花。

春居杂兴

北宋　王禹偁

两株桃杏映篱斜,妆点商州副使家。

何事春风容不得?和莺吹折数枝花。

第四十章
东风拂面来

接下来,我们会选择比较常见的七组韵,在每一组韵里再挑选几个常用的字进行讲解。即按照"在最常用的韵中挑选最常用的字"的原则进行介绍,让我们最快速地了解关于押韵的知识。

首先,我们聊一聊上平声的第一组韵,【东】韵。【东】韵里面包含了近两百个常用字,比如"东、同、桐、中、虫、终、戎、弓、宫、融、雄、穷、风、枫、丰、空、洪、红、鸿、虹、丛、翁、聪、通、总、匆"等都在其内。他们大都含有鼻韵母ong或eng。这些字里面,又有哪几个字特别容易得到诗人的垂青呢?咱们暂且不说,卖一个关子,先看几首诗再说。

中秋月
唐 李峤

圆魄上寒空,皆言四海同。
安知千里外,不有雨兼风。

这是唐代诗人李峤的一首描写中秋月亮的诗。"圆魄"正是月亮的意思。"圆圆的月亮高挂在寒空中,都说四海之内皆是如此景象,你怎么知道千里之外，没有风和雨呢？"诗从字面理解很简单，看似作者信手拈来，其实暗藏着一个小哲理。他告诉我们，人不能局限在眼前的认知，要看到大千世界的变幻多姿，此处你的感受并不能想当然地代替彼处他人的感知。我们再来观察这首诗的韵脚，第二句、第四句的末字"同""风"当然是韵脚，在可押可不押的第一句，诗人在句末以"空"字入韵，所以这首诗的韵脚为"空""同""风"。

鸟鸣涧

唐　王维

人闲桂花落，夜静春山空。
月出惊山鸟，时鸣春涧中。

王维的诗总是空灵精致，和上面那首《中秋月》一样，文意也不难理解，可以简单直译："春日夜晚，静悄悄的山谷中，桂花无声飘落，月亮缓缓爬上山腰，皎洁的月光惊动了栖息在山谷中的鸟儿，鸟儿的鸣叫声不时地从山涧中传出。"王维向我们展现了一幅优美的春夜山谷美景图。但是，还真不好意思，我们得麻烦王维把他的画收起来，这回就不纠缠于他的优美诗句了，咱主要还是关注诗的韵脚。显然，首句末字是"落"，没有入韵。"春山空""春涧中"，"空""中"是这首诗的韵脚。

渡浙江问舟中人

唐 孟浩然

潮落江平未有风,扁舟共济与君同。
时时引领望天末,何处青山是越中?

第三首诗是孟浩然的。这回我们的生活委员来到了钱塘江畔,和他人乘船前往越中(绍兴),在船里他向别人问了点事,一问一答间,大诗人的一首诗就出来了。孟浩然是这样对同船人说的:钱塘江大潮落去,江面平静得没有一丝风儿,我和你共乘一叶扁舟漂流江上。我禁不住向远处眺望,只见处处青山连绵,(朋友,你可否告诉我)哪里是我要去的越中呢?孟浩然不愧生活委员,写出的诗极富生活气息,非常口语化,读来清新易懂。"风""同""中"是此诗的韵脚,越中还是个地名,能够嵌入诗中作为韵脚,可谓浑然天成。

题都城南庄

唐 崔护

去年今日此门中,人面桃花相映红。
人面不知何处去,桃花依旧笑春风。

很多诗人一生光凭一首诗就名垂千古,写《枫桥夜泊》的张继是这样,今天的崔护也同样,一首《题都城南庄》让他家喻户晓。崔护用诗句向我们讲述了一个委婉动人的爱情故事:去年的今天,也是在这扇门里吧,我和你第一次相遇,你的笑容和盛开的桃花相互映衬,分外动人。今年,我又来到这扇门前,你已不知所踪,只剩下那株桃花,依然在春风中摇曳。崔护想写思念之情,却委婉地用人面桃花的时空交错来营造惆怅之感,读来让人唏嘘感慨。"此门中""相映红""笑春风","中""红""风"就是韵脚。

江畔独步寻花

唐　杜甫

黄师塔前江水东,春光懒困倚微风。
桃花一簇开无主,可爱深红爱浅红。

接着该杜甫出场了,杜甫的《江畔独步寻花》是一组诗,这是其中较出名的一首。黄师塔是一地名,为一个高僧的葬身之处。杜甫漫步江边,欣赏到一幅美景:黄师塔前江水滚滚东流,和煦的阳光融进了阵阵春风,暖风迎面吹过,给人带来丝丝倦意。那里有一簇无人打理的桃花兀自盛开了,你究竟喜欢什么颜色的花儿?(此处的桃花)深红的、浅红的,应有尽有。这首诗,同样首句入韵,韵脚正是"东""风""红"。

送日本国僧敬龙归

唐　韦庄

扶桑已在渺茫中,家在扶桑东更东。
此去与师谁共到?一船明月一帆风。

说过很多离别诗,这回我们说一首送别日本友人的。韦庄是韦应物的四世孙，属于晚唐诗人，他要送日本的僧人敬龙回国，于是作了此诗。扶桑传说中为东方古国。韦庄对敬龙说：扶桑国本在东方遥远渺茫之处，何况你的家比扶桑还要往东，这次谁能陪你一起回故乡呢？恐怕只有这一船明月和清风吧？看来，敬龙是一个人回国，韦庄联想到了友人旅途的孤独，才会有此感慨。"中""东""风"是本诗的韵脚。

塞下曲
唐　戎昱

汉将归来虏塞空，旌旗初下玉关东。
高蹄战马三千匹，落日平原秋草中。

最后我们再说一首边塞诗。戎昱是中唐诗人，特别擅长写现实题材的诗。戎昱此诗描写的乃是戍边战士凯旋而归的场景，"汉将"泛指唐朝的战将，"玉关"是指玉门关。将士们回来时，敌人营寨早被扫荡一空，战士们高举旌旗从玉门关进入。三千匹高头战马扬蹄奋进，远处，秋天落日西沉，余晖洒在草原上。戎昱的诗写出了将士的豪迈，也写出了边疆的荒凉。"空""东""中"成了这首诗的韵脚。

好了，例子举得也差不多了。这回，我们总结【东】韵中经常被选为韵脚的几个字——东、同、空、中、风、红。应该说，这些字特别容易组词，也比较容易融入诗的意境，我们如果要以【东】韵作诗，不妨记住这几个最脸熟的朋友。为了帮助大家记住这几个朋友，我给大家编了一个顺口溜：

东风拂面来，柳絮**空中**舞，**同**赏一园**红**。

> 知识链接

属于【东】韵的诗还有哪些?我们再来学习两首。

暮江吟

唐 白居易

一道残阳铺水中,半江瑟瑟半江红。
可怜九月初三夜,露似真珠月似弓。

塞下曲

唐 卢纶

林暗草惊风,将军夜引弓。
平明寻白羽,没在石棱中。

第四十一章
楼上望江流

在阐述本章前,再说一个关于韵的知识。根据韵书,每个韵部所收录的字数数量不等。人们习惯于把收录字数较多的韵部称为宽韵,收录字数比较少的韵部称为窄韵,收录字数特别少的为险韵,其余的韵部则称为中韵。宽韵因为收字比较多,给人的选择余地比较大,所以很受诗人欢迎,险韵收字太少,用起来难度大,但也有人偏偏要用它,为了秀一下自己的才华嘛。

今天要说的【尤】韵和上面所说的【东】韵一样,包含的字比较多,属于宽韵。【尤】韵中的字,按照现在的拼音规则看,大都以复韵母ou、iu结尾。

这回不卖关子了,先把几个常用韵脚直接说出来,它们是"流""楼""秋""愁""舟""游""洲",如果以这6个字为主题,让你编一个场景,你首先会想到什么?我不知道大家心中的答案是什么,我首先想到的是这样一幅画面:一处高楼,高楼下江水流淌,江上泊着一条小船,江中有块绿洲,正值秋日时节,楼上有位游子,正凭栏远眺,寄托愁思。

在前面讲"江水"意象时,我们举了《黄鹤楼》的例子。"昔人已乘黄鹤去,此地空余黄鹤楼。黄鹤一去不复返,白云千载空悠悠。晴川历历汉阳树,芳草萋萋鹦鹉洲。日暮乡关何处是?烟波江上使人愁。"诗中就用了"楼""悠""洲""愁"四个字为韵。李白以类似的笔法所写的《登金陵凤凰台》:"凤凰台上凤凰游,凤去台空江自流。吴宫花草埋幽径,晋代衣冠成古丘。三山半落青天外,二水中分白鹭洲。总为浮云能蔽日,长安不见使人愁。"诗中也是用了"游""流""丘""洲""愁"为韵脚。说到底,它们都出自【尤】韵。接着,咱们再看看其他的诗:

渡湘江
唐 杜审言

迟日园林悲昔游,今春花鸟作边愁。
独怜京国人南窜,不似湘江水北流。

这是杜甫的祖父杜审言在贬谪途中渡湘江时所写的诗,当时正值春日("迟日"即"春日")时节。照理说阳光明媚、百花齐放的景致应该让诗人赏心悦目才是。但是,我们说过,景色是为诗人的心情服务的,所以杜审言笔下的渡湘江不再那么轻松写意。他在旅途中想到了过去的安逸生活,用诗发出感叹:昔日里,一到春光明媚时刻,我总是悠游园林之间,那是何等惬意?今年的春天,花鸟依然来和我作伴,但只能触发哀愁而已。我身处边远荒凉之地,只能哀叹,那湘江水滚滚向北流淌,自己却还要渡江南下。这首诗采取了首句入韵的方式,"游""愁""流"是韵脚。

渡荆门送别

唐　李白

渡远荆门外，来从楚国游。
山随平野尽，江入大荒流。
月下飞天镜，云生结海楼。
仍怜故乡水，万里送行舟。

接着我们看看李白的作品。《渡荆门送别》是李白青年时期走出蜀地，离开家乡时所作，所以全诗洋溢着青春的气息。自信的李白就要奔赴更大的舞台，望着故乡山山水水，回首感慨：我，李白，独自乘船来到荆门山外，这里是昔日楚国的地界，远处绵延的山线渐渐消失，眼前呈现出辽阔无际的原野，江水向着无边的旷野肆意奔流。月亮西沉，恰似从天上飞下来的一块明镜，浮云升腾，仿佛建起了海市蜃楼。我就要离开故乡了，故乡的山山水水似乎也对我恋恋不舍，不远万里前来为我送行。李白乘船离乡，不说自己留恋故乡山水，却说故乡山水是前来送行的朋友，此等想象，也只有诗仙李白才会有。"楚国游""大荒流""结海楼""送行舟"，韵脚则是"游""流""楼""舟"。

峨眉山月歌

唐　李白

峨眉山月半轮秋，影入平羌江水流。
夜发清溪向三峡，思君不见下渝州。

继续来学李白的诗,要说李白似乎挺喜欢【尤】韵的,如果仔细观察一下,李白用这个韵的频率还真是不低。这首诗依然是李白出蜀时的作品。这回,李白到了峨眉山,他如此描绘景致:秋天夜晚,一轮明月挂在峨眉山腰,露出半个轮廓,月影倒映在平羌江清澈的水面上,我在夜间乘船离开清溪奔向三峡。故乡的朋友,我们虽然彼此思念,却已很难相见,船儿正顺江而下,前往渝州。江水、明月、离开家乡的不舍之情、对外面世界的憧憬……诗的旋律和上一首如出一辙,韵脚也差不多,正是"秋""流""州"。

题金陵渡

唐　张祜

金陵津渡小山楼,一宿行人自可愁。
潮落夜江斜月里,两三星火是瓜洲。

接着说张祜的《题金陵渡》。唐代诗人众多,如果以知名度论,张祜大致属于中等,有不少佳作流传,但又数量相对有限。《题金陵渡》是诗人游历江南时,在长江渡口所写,需要指出的是,金陵渡并不在南京,而位于现在的镇江。诗人看着渡口夜景,口中念念有词:夜晚,我住在金陵渡口的小山楼上,因为心怀哀愁,一夜难以入眠。夜色中,江潮落下,月光斜照在水面,我能看到对岸星火点点,那里正是瓜洲啊。瓜洲在长江对岸,王安石写《泊船瓜洲》时已经过江,是从瓜洲回望有感而发,所以有"京口瓜洲一水间"的提法。这首诗以"楼""愁""洲"为韵脚。

忆扬州

唐　徐凝

萧娘脸薄难胜泪，桃叶眉尖易觉愁。
天下三分明月夜，二分无赖是扬州。

最后我们要说一首诗是徐凝所写的《忆扬州》。徐凝和张祜是一对好朋友，两人在诗坛的地位也相似。这首《忆扬州》是徐凝的代表作之一，其中的后两句广为流传。诗是以怀念远人为主题的，但徐凝写得很隐晦，标题是回忆扬州，想必思念的人儿就在扬州。第一二句里的"萧娘""桃叶"都是诗人对女子的代称。南朝以来，人们在诗词中经常将所恋的女子称为萧娘，将所恋的男子称为萧郎，桃叶则是晋代王献之爱妾的名字。徐凝心目中的"萧娘""桃叶"，脸薄含羞，招人怜惜疼爱，眉毛尖尖，容易多愁善感。诗人想起恋人，发出感叹：如果把天下明月分成三份的话，那么扬州肯定占了其中两份。这里的无赖可不是市井泼皮哦，而是看似厌恶，其实喜爱的感情，比如辛弃疾的"最喜小儿无赖"一句，那是一种带着爱意的嗔怪。徐凝看似怀念扬州，实则怀念身在扬州的人。至于具体是谁，那是徐凝的隐私，咱就不多打听了。我们只要明白"愁""州"这个韵脚就可以了。

关于【尤】韵的常用字比较多，如我们前面的总结，"流""楼""秋""愁""舟""游""洲"几个字当属最佳拍档，尤其是在江边、楼头作诗时多被运用。我们也可以把它们归纳为三句话方便记忆：

楼上望江流，秋日多哀愁，舟小游汀洲（州）。

> 知识链接
>
> 【尤】韵的诗你还能说出几首，看看哪些字也属于【尤】韵，哪个字可能古音和现代读音发生了显著变化？

马诗

唐　李贺

大漠沙如雪，燕山月似钩。

何当金络脑，快走踏清秋。

登岳阳楼

唐　杜甫

昔闻洞庭水，今上岳阳楼。

吴楚东南坼，乾坤日夜浮。

亲朋无一字，老病有孤舟。

戎马关山北，凭轩涕泗流。

第四十二章
神佑苦勤人

【真】韵也属于宽韵，里面含有一百多个常用字，"因、辛、新、神、邻、旬、均、珍、春、银、民、人、纯、贫"等都在其内。按照现在的拼音规则，属于【真】韵的字韵母一般都含有en、in、un。值得注意的是，这个规则不能反过来理解，并不是所有韵母包含en、in、un的字都属于【真】韵。比如，"闻、云、君、芬、纷"等字就属于【文】韵，而非【真】韵。

【真】韵中经常被用来充当韵脚的字，莫过于"春""人""身"等。一提到这些字，我们肯定马上联想到了"若待上林花似锦，出门俱是看花人""邯郸驿里逢冬至，抱膝灯前影伴身""野旷天低树，江清月近人"等诗句。到底有哪些名作也用了【真】韵呢？我们还是举例观之。

渡汉江
唐　宋之问

岭外音书断，经冬复历春。
近乡情更怯，不敢问来人。

唐代诗人宋之问论才华水平，绝对能够列入唐代诗人的第一集团，但他因为毫无节操地媚附武则天，人品一直为人诟病。这首《渡汉江》是宋之问被贬岭南后重回故乡时所写，宋之问在旅途中写道：常年客居岭外，家中早已断绝书信往来，寒来暑往，如今又是春天，我终于回来了。离故乡愈近，我的心愈加胆怯，即便是遇到一个从家乡过来的人，也不敢问一声家里的情况。宋之问的这首诗把一个长期漂泊在外的人，突然将要回到家乡的心情描绘得十分生动，写活了归乡人的那种期盼和忐忑。虽然宋之问的被贬是咎由自取，但其中的感情和普通人并无二致，文字表现手法更值得我们品味。本诗首句并未入韵，"春""人"是其中的韵脚。

逢雪宿芙蓉山主人

唐　刘长卿

日暮苍山远，天寒白屋贫。
柴门闻犬吠，风雪夜归人。

刘长卿的《逢雪宿芙蓉山主人》是一首广为流传的经典名作，作者用凝练的笔触描写了一个风雪夜归的场景：暮色降临，远处山色苍茫，正是天寒地冻时节。眼前是一户贫苦人家，一间小茅草屋被白雪覆盖得严严实实。柴门外传来阵阵犬吠声，原来，是主人顶着风雪回家了。从诗的题目看，诗人是在一个雪夜寄宿到一户山里人家，夜里听到农家主人回来，记录下了当时的情境。"白屋贫""夜归人"是刘长卿的点睛之笔，一下道出了寒夜农家的特点，"贫""人"是全诗的韵脚。

酬乐天扬州初逢席上见赠
唐 刘禹锡

巴山楚水凄凉地,二十三年弃置身。
怀旧空吟闻笛赋,到乡翻似烂柯人。
沉舟侧畔千帆过,病树前头万木春。
今日听君歌一曲,暂凭杯酒长精神。

刘禹锡一直是个坚定乐观的人,这首《酬乐天扬州初逢席上见赠》是他写给白居易的诗。刘禹锡向朋友讲述了自己的贬谪经历,但并没有哀叹抱怨,而是在字里行间透着一股顽强不屈的精神。刘禹锡说:我被贬到巴山楚水这般荒凉的地方,已然整整二十三年,无数光阴都耗费在那边远之地。我吟诵着西晋向秀的《思旧赋》,怀念着昔日好友。我想,待我回到家乡,恐怕一切已经物是人非,我是不是会变成"烂柯人"王质?在这里,刘禹锡用了两个典故。"闻笛赋"是指西晋向秀为纪念友人而作的《思旧赋》,"烂柯人"是说晋代的王质入山砍柴,旁观了一场棋局,看完棋局后发现手中的斧头柄都腐烂了,原来时间已经不知不觉过去了一百年。刘禹锡遭此变故,并没有消沉,而是接着说:沉船侧旁,仍会有万千艘快船扬帆驶过;枯树之前,仍会有万千树木枝繁叶茂!今天,你且听我为你吟诵一首诗篇,让我们喝下这杯美酒,振作精神,重新出发!"沉舟侧畔千帆过,病树前头万木春",很多人在遭逢困境时都用这句诗来鼓励自己,我们也要有这份乐观的精神。当然,我们还得知道"身""人""春""神"正是诗的韵脚。

小儿垂钓

唐　胡令能

蓬头稚子学垂纶，侧坐莓苔草映身。

路人借问遥招手，怕得鱼惊不应人。

　　唐诗中关于描写儿童的诗也不少，杜牧笔下有"遥指杏花村"的牧童，白居易笔下有"撑小艇"的小娃，咱们胡令能笔下就有个认真钓鱼的小朋友。胡令能看到的垂钓场景是这样的：一个头发蓬松、面孔稚嫩的小朋友在河边学钓鱼（垂纶），他侧身坐在青苔上，河边丛丛绿草映衬着他的身影。忽然，有路人经过，向这位小朋友问路，小朋友正聚精会神地钓鱼，生怕过路人的声音把快要上钩的鱼吓跑了，连忙摆手示意，你可千万不要出声！这是一个多么可爱的小孩啊，看他紧张的神情，恐怕已经有一条大鱼咬钩了。见此情景，路人想必也是忍俊不禁。不知道这个路人是否正是胡令能本人呢？不管怎样，咱们要认得，"纶""身""人"是此诗的韵脚。

春日

南宋　朱熹

胜日寻芳泗水滨，无边光景一时新。

等闲识得东风面，万紫千红总是春。

　　最后说一首宋朝朱熹的诗，朱熹不是一般的诗人，他首先是一个理学家，所以他作诗主要还是为了讲道理，写景抒情倒在其次，我们接触过他的《观书有感》就会明白,他表面是写方塘,其实是写如何做学问。这首《春日》也一样,他可不是纯粹写景的。朱熹写道:一个阳光明媚的春日,我来到泗水之滨赏花观景。此地风光正好,万物因为春天到来而焕然一新,所有人都沐浴到了春风的温暖,如此万紫千红、百花争艳的美景,才是春天的印记。朱熹的春景写得很好,但我得告诉你,朱圣人压根没去泗水那个地方,因为泗水在山东,当时那是金人的地盘。但泗水是孔子曾经讲学的地方,所以朱熹的游泗水、赏春景,其实还是让我们学习孔孟之道。不用说,"新""春"就是诗的韵脚,但是,大家要注意,其实朱熹的这首诗是首句入韵的,"滨"也是韵脚,只是这个字用得不多。

关于【真】韵,就讲那么多,我也编了个顺口溜,有兴趣的朋友记一下吧,也希望同学们能勤勉向学。

新颜迎新春,身穷志不贫,神佑苦勤人。

> 知识链接

【文】韵是【真】韵的邻韵,下面即是两首韵部为【文】韵的诗。

赠花卿

唐 杜甫

锦城丝管日纷纷,半入江风半入云。
此曲只应天上有,人间能得几回闻。

江南逢李龟年

唐 杜甫

岐王宅里寻常见,崔九堂前几度闻。
正是江南好风景,落花时节又逢君。

第四十三章
天边落日圆

接下来讲【先】韵,【先】韵也是韵脚中的大户,现在以uan、ian为韵母的字很多都在其内。比如,常用字"先、前、千、天、坚、肩、贤、烟、莲、怜、田、年、眠、泉、仙、鲜、钱、延、连、全、穿、川、船、圆、员、权、传、咽、沿"都属于【先】韵。

在我们熟知的一些诗中,可能马上就会想到用【先】韵的诗句。比如之前学过的张继《枫桥夜泊》:"月落乌啼霜满天,江枫渔火对愁眠。姑苏城外寒山寺,夜半钟声到客船。"又比如,温庭筠的《咸阳值雨》:"咸阳桥上雨如悬,万点空蒙隔钓船。还似洞庭春水色,晓云将入岳阳天。"还有杜甫的《绝句》:"两个黄鹂鸣翠柳,一行白鹭上青天。窗含西岭千秋雪,门泊东吴万里船。"这些诗里的"天、眠、船、边、延、天、然、圆"等都是诗的韵脚。

接下去我们可以再看看,还有哪些熟悉的诗也用了【先】韵。

桃花溪

唐 张旭

隐隐飞桥隔野烟,石矶西畔问渔船。
桃花今日随流水,洞在清溪何处边?

　　唐代的张旭最响亮的名头并不是诗人,而是书法家,张旭最擅长草书,他的草书曾与李白的诗歌、裴旻的剑舞并称为"三绝"。诗题中的桃花溪是一处地名,位于现在的湖南省桃源县,桃源县因陶渊明的《桃花源记》而得名。张旭写桃花溪,正是以《桃花源记》为影子,述说了自己重新寻找世外桃源的经历:山林中烟雾升腾,桃花溪上的木桥在烟雾笼罩下若隐若现,似乎飞架到了空中。行到桃花溪畔,我在石矶头看见一艘渔船,连忙问捕鱼人,如今,桃花依旧随着河水漂流,陶渊明笔下的那个桃花源洞口在清溪的哪一边呢?张旭当然知道,所谓的世外桃源只是陶渊明的一个理想,他也不可能真的遇到《桃花源记》中的"武陵捕鱼人",所谓的问答也只是一个人的遐想罢了。唯一真实的,是诗人内心中那份对安逸无争的理想生活的向往。诗首句入韵,"烟""船""边"都是韵脚。

碛中作

唐 岑参

走马西来欲到天,辞家见月两回圆。
今夜未知何处宿,平沙莽莽绝人烟。

　　岑参作为边塞诗人,曾经两度担任边疆节度使的幕府成员,这首诗是他在行军途中所写,"碛"就是沙漠、沙地的意思。岑参用平实的语言传递着从军生活的寂寞困苦:骑马一路向西,漫漫长路看不到尽头,似乎要走到天边。自从离开家乡,我已经两次遇到月圆之夜,整整两个月过去了,今天晚上我们要在哪里投宿安歇呢?然而,这里万里沙漠,一片莽莽,我根本见不到一丝人烟。从军者守绝域、冒锋镝,从来辛苦异常,就连行军赶路也不是件容易的事,每首边塞诗都透着将士们的艰辛,确实如此。"天""圆""烟"为韵脚。

秋夜将晓出篱门迎凉有感

南宋　陆游

三万里河东入海,五千仞岳上摩天。

遗民泪尽胡尘里,南望王师又一年。

陆游是南宋的爱国诗人,他的诗数量多、质量高,很多作品都洋溢着爱国主义情怀。这回,在一个秋日的凌晨,心忧国事的陆游早早醒来,披上衣服,慢慢地踱出篱笆门。此时,一阵凉风袭来,陆游的诗意也随风而起:三万里长的黄河奔流不止,向东汇入大海,五千仞(长度单位)的华山高耸矗立,山尖直抵云霄。中原的百姓在金国人的压迫下流泪不止,他们望眼欲穿地盼着朝廷军队北伐中原,拯救他们于水火,中原百姓可是盼了一年又一年啊!写出"王师北定中原日,家祭无忘告乃翁"的陆游不断用诗词发出自己呐喊,只可惜,满怀热忱的他最终还是"心在天山""身老沧洲"。"天""年"是本诗的韵脚。

秋夜寄丘二十二员外

唐　韦应物

怀君属秋夜，散步咏凉天。

空山松子落，幽人应未眠。

韦应物的这首诗是为了怀念友人而写，和上面陆游的诗一样，韦应物的写作时节也是在秋天，只是前面是秋日凌晨，这回是秋日夜晚。韦应物边走边吟诵：在这个秋日的夜晚，我非常想念你，我的朋友。我一边散步，一边感叹，今夜真是寒意阵阵。此时此刻，山中的松子已经开始纷纷掉落，朋友，你一定还没入睡吧？韦应物特别擅长写景，这回他把满满的友情化进了清幽的氛围里。诗的韵脚正是"天""眠"二字。

江村即事

唐　司空曙

钓罢归来不系船，江村月落正堪眠。

纵然一夜风吹去，只在芦花浅水边。

司空曙是大历十才子之一，同列的还有此前我们接触过的卢纶、韩翃、钱起等人。这首《江村即景》听名字是写江边一个村落的景色，司空曙的观察视角先从江边的一艘小船开始：一个渔人垂钓回来，他将船泊在江边，连缆绳都没有系上。月已西沉，村里的人们已经开始入睡。渔人一点都不担心未系缆绳的小船，他相信，即使夜里起风把小船吹走，也不会吹到太远的地方，最多就是搁浅在芦花滩畔罢了。如果还记得我们说过的"渔翁"

意象，大家一定会想到，司空曙是借着悠闲的渔翁来表达自己崇尚自然、享受安闲的愿望呢。"船""眠""边"正是诗的韵脚。

次北固山下
唐 王湾

客路青山外，行舟绿水前。
潮平两岸阔，风正一帆悬。
海日生残夜，江春入旧年。
乡书何处达？归雁洛阳边。

有些诗凭着一个经典好句成就了一首名诗，王湾的《次北固山下》就属于这种情况。北固山是在现在的镇江境内，诗人乘船途经山下，想起家乡，感慨系之，才有了这首五律：我远走他乡，乘船在碧波万顷的江面前行，行至青青的北固山下，此时，潮水上涨与岸齐平，水面变得更加宽阔；江风和煦吹拂，船帆高高挂起。夜色尚未完全褪去，江面上一轮旭日已经冉冉升起。旧的一年还未完全过去，而江边的春色已经悄然到来。我寄出的信什么时候才能送到家乡？那只北归的大雁已经飞到洛阳，它能替我把书信送到家里吗？"海日生残夜，江春入旧年"为全诗的名句，诗句既是写景，又有着时光匆匆、新旧交替的哲理性，历来为人所推崇。"前""悬""年""关"是诗的韵脚。

【先】韵的常用韵脚，我们就用"天、边、年、船、眠、圆、烟"七个字编条顺口溜。

天边落日**圆**，船上孤客**眠**，烟花失华**年**。

> **知识链接**

再贴上两首以【先】为韵部的诗,供还没学饱的同学补充"能量"。

使至塞上

唐　王维

单车欲问边,属国过居延。
征蓬出汉塞,归雁入胡天。
大漠孤烟直,长河落日圆。
萧关逢候骑,都护在燕然。

江楼感旧

唐　赵嘏

独上江楼思渺然,月光如水水如天。
同来望月人何处,风景依稀似去年。

第四十四章
无晴却有情

我们接着聊一个宽韵：【庚】韵。【庚】韵中的字，按照现在的拼音规则，多是以eng、ing、ong为韵母，常见的"英、平、京、明、鸣、兵、荣、行、生、争、清、情、晴、精、睛、菁、成、城、声、轻、名"等字都在其内。【庚】韵中适合进入诗句的字也不少，比如咱们常用的三个发音为qing的字——清、情、晴，一看便知道，所谓水清、天晴、情深，这些特别适合营造氛围的词语，作诗填词哪少得了它们？接着咱们挑几首来看看。

赠汪伦
唐　李白

李白乘舟将欲行，忽闻岸上踏歌声。
桃花潭水深千尺，不及汪伦送我情。

李白的《赠汪伦》很多人都熟悉，关于这首诗的题外小故事想必也广为人知，说汪伦是李白的粉丝，为了把自己的偶像请过来，就告诉李白，他这里有"十里桃花""万家酒店"。李白最喜欢喝酒，一听说有这好事，马不停蹄就去了。结果到了一看,所谓的桃花十里,其实是一个以桃花命名的水潭,所谓的万家酒店,只是一个名为"万家"的酒店。李白算是结结实实地被粉丝涮了一把,不过诗仙是有风度的,不但没有责怪汪伦,还被他的幽默所感染,真的成了一对好朋友。聊完玩完,李白向汪伦告别,特地写了这首诗:我李白将要乘着船离开了,忽然听见岸上传来踏歌(两脚踏地为节拍的歌唱形式)声,桃花潭的水有千尺深,但哪里比得上我和汪伦的感情深呢?本诗的韵脚是"行""声""情"。

移家别湖上亭

唐 戎昱

好是春风湖上亭,柳条藤蔓系离情。
黄鹂久住浑相识,欲别频啼四五声。

告别李白,我们继续说一首水边离别的诗。这是诗人戎昱在搬家(移家)的时候写的一首诗,你看,诗人就是不一样,别人搬家都是满头大汗扛家具,诗人还能抽空感怀作诗一首。戎昱告别湖边旧居,有很多不舍,于是借着湖边景色抒发心情:好一个春风拂面的日子,我要离开居住多年的湖上亭了,风吹着亭边的柳条藤蔓,柳条藤蔓轻轻摇动,像是在依依不舍地招手挽留。我在这里居住了那么长时间,连亭边树枝头的黄莺也成了好朋友,它们似乎也知道我要离开了,不停地鸣叫着,是不是也在挽留我呢?戎昱是一个以现实题材作品见长的诗人,从这首诗来看,即便是真汉子,也有儿女情长的时候啊。这首诗的韵脚我们要特别说道下,"情""声"是标准的【庚】韵,亭字则归于【青】韵,此所谓"首句押邻韵"的情况。

竹枝词

唐　刘禹锡

杨柳青青江水平，闻郎江上踏歌声。

东边日出西边雨，道是无晴却有晴。

离开桃花潭、湖上亭，我们接着再讲一首水边的抒情诗，刘禹锡的《竹枝词》。"东边日出西边雨，道是无晴却有晴"，谈【庚】韵，怎么少得了这句诗呢。《竹枝词》是当时流行于四川东部的一种民歌形式，刘禹锡在当地做官的时候，非常欣赏这种民歌形式，亲自动手写了多首《竹枝词》，这是最著名的一首。刘禹锡这回所选的角度很别致，他是以一个少女的口吻来写的：江面风平浪静，岸上杨柳青青，我听见岸上情郎那熟悉的踏歌声。你看，今天的天气多么奇怪，东边出了太阳，西边却还在下雨，你说它不是晴天吧，它又可以算是晴天呐。一听，我们就懂了，原来这是一首描写爱情的诗，刘禹锡笔下的"无晴却有晴"，不如说是"无情却有情"，诗人一语双关的神来之笔，着实韵味悠长。"平""声""晴"是全诗的韵脚。

三衢道中

南宋　曾几

梅子黄时日日晴，小溪泛尽却山行。

绿阴不减来时路，添得黄鹂四五声。

曾几是一位南宋初年的诗人，他的名字可能很多人都不熟悉，不过不要紧，他的几个学生你肯定听说过，范成大、杨万里、陆游，是不是一个比一个叫得响？曾几行走在三衢山（浙江衢州境内）中，写就了一幅初夏山景图：今年梅子黄透的时候，每天都天气晴朗，我沿着小溪乘船而行，到了小溪的尽头后，只好登岸步行走山路。一路上，树荫浓密，这些景色，和来时路上看到的景色一样，只是现在树上又传来几声黄鹂的鸣叫，显得更有一番生趣。从诗的内容看，曾几当时应该心情不错，他听黄鹂叫声的感觉和上面戎昱的感觉可大不相同。"晴""行""声"是诗的韵脚。

赏牡丹

唐　刘禹锡

庭前芍药妖无格，池上芙蕖净少情。
唯有牡丹真国色，花开时节动京城。

刘禹锡的《赏牡丹》是一首标准的咏物诗。诗人经常喜欢以菊花、梅花、荷花来表现自己的淡泊、独立，而刘禹锡这次却是用艳丽的牡丹来抒怀，还是比较少见的。刘禹锡写牡丹并没有正面直接描写，而是从和其他花的对比写起。刘禹锡说道：庭院里的芍药花开得很妖艳，但却显得格调不高；池里的荷花（芙蕖）虽然清秀干净，却显得缺少感情。唯有牡丹才是真正的天姿国色，到了开花时节必然名动京城！我们介绍过，刘禹锡和其他诗人不同，他乐于入世，敢于去实践自己的理想，所以他会赞赏怒放的牡丹，希望亮出自己的颜色，得到他人欣赏。花还是那些花，梅兰荷菊也好，牡丹也好，都有自己的外形和生长特点，总因为诗人内心情感的不同而或扬或抑。"情""城"是诗的韵脚。

赠别

唐　杜牧

多情却似总无情，唯觉樽前笑不成。
蜡烛有心还惜别，替人垂泪到天明。

杜牧是个多情的人，这首诗是他写给一个妙龄女子的，有同学可能会有疑问，为什么今天讲究情情爱爱的诗那么多啊。别忘了，我们的"情"字就是【庚】韵嘛。杜牧以诗赠别女子，他用诗句诉说道：唉，多情的人儿哟，你为什么有时候又是那么无情，马上又要狠心离开。在这离别的筵席上，我面对宴台上的空酒杯，真的笑不出声来。你看连蜡烛都懂得我惜别的心意，替我一直流泪到天明。显然，杜牧作诗时的感情是无限伤感的，他的"蜡烛有心还惜别，替人垂泪到天明"和李商隐的"春蚕到死丝方尽，蜡炬成灰泪始干"有异曲同工之妙。"情""成""明"是诗的韵脚。

潍县署中画竹呈年伯包大中丞括

清　郑板桥

衙斋卧听萧萧竹，疑是民间疾苦声。
些小吾曹州县吏，一枝一叶总关情。

上面很多诗都以"情"字入韵，我们也见识了友情、爱情，但还有一种感情是更可贵的，那就是对弱者的关怀，对他人疾苦的同情。郑板桥原名郑燮,是清朝著名的书画家和诗人,这首诗是他担任山东潍县知县时所写。当时郑板桥画了一幅竹子,送给时任山东布政使、署理巡抚(清代巡抚又称中丞,"大"体现尊敬之意)。他在画上题诗明志:我在衙门里卧躺休息的时候,听到外面的竹叶被风吹动,萧萧作响,那声音听起来像似百姓痛苦的呼号声。虽然我们(吾曹)只是一些县里的小官吏,但百姓的安危冷暖正如衙门外的竹子一样,每一个树枝、每一片叶子都牵动着我们的感情。"声""情"是诗的韵脚。

至此,【庚】韵的诗已例举了很多,咱们继续为常用韵脚编一个顺口溜,帮助大家"情"不自禁就能吟出好诗:

城中闻笛**声**,**明**月随我**行**,无晴却有**情**。

知识链接

一起来看看【庚】韵的其他诗。

滁州西涧

唐 韦应物

独怜幽草涧边生,上有黄鹂深树鸣。

春潮带雨晚来急,野渡无人舟自横。

春夜喜雨

唐 杜甫

好雨知时节,当春乃发生。

随风潜入夜,润物细无声。

野径云俱黑,江船火独明。

晓看红湿处,花重锦官城。

第四十五章
栽花开几回

前面我们说的都是宽韵,也就是包含的字比较多的韵,这回我们说一个中韵【灰】,中韵是字数介于宽韵、窄韵之间的韵。今天介绍的【灰】韵通常以ui、ai、ei为韵母(或韵母的组成部分)。常用字"灰、回、徊、梅、催、杯、醅、推、开、哀、台、苔、该、才、材、财、裁、来、莱、栽"都属于【灰】韵。

看到【灰】韵,你第一时间能想到哪些诗句呢?"葡萄美酒夜光杯,欲饮琵琶马上催。醉卧沙场君莫笑,古来征战几人回""墙角数枝梅,凌寒独自开。遥知不是雪,为有暗香来""强欲登高去,无人送酒来。遥怜故园菊,应傍战场开""飒飒西风满院栽,蕊寒香冷蝶难来。他年我若为青帝,报与桃花一处开"。这些此前提到过的诗,都是押了【灰】韵。看来,灰韵在格律诗中还是很吃香的。

其他还有哪些著名的诗也是押【灰】韵的呢,不妨一起来看看。

游园不值

南宋　叶绍翁

应怜屐齿印苍苔，小扣柴扉久不开。
春色满园关不住，一枝红杏出墙来。

　　叶绍翁是南宋的诗人，这首《游园不值》因为后两句闻名遐迩。从题意看，那是诗人春天到一个友人的庄园去拜访时，主人不在，吃了闭门羹。但诗人就是诗人，哪怕吃闭门羹也能吃出一首好诗来。很多诗人寻友人不遇的情况下都写出了佳作，叶绍翁这回也一样。叶绍翁在园主门前说道：朋友，莫不是怕我的木屐会踩坏你的青苔吧？我轻轻地敲打柴门，门却久久不开。你不见我也罢，你园子里的春色是关不住的，你看，一枝绽放的红杏已经伸到墙外来了！主人当然不会故意不见叶绍翁，只是叶绍翁可能自己也不会想到，这次调侃竟成就了一个千古名句。我们也该庆幸，幸亏两人没约上，否则岂不错失一首好诗。此诗首句入韵，"苔""开""来"是韵脚。

望天门山

唐　李白

天门中断楚江开，碧水东流至此回。
两岸青山相对出，孤帆一片日边来。

　　天门山，位于现在安徽省境内，横跨长江两岸，在江北的叫西梁山，在江南的叫东梁山，顾名思义，看上去犹如上天之门，想必壮观非常。李白遥望天门山，诗兴大发，高声吟诵道：长江犹如一把利剑，将天门山劈成两半，碧绿的江水东流到此地后开始回旋向北。长江两岸的青山对峙分立，在山与山之间，一片孤帆从江面驶来，远远望去，仿佛来自天边。此诗也是首句入韵，"开""回""来"是韵脚。

春游湖

北宋　徐俯

双飞燕子几时回？夹岸桃花蘸水开。
春雨断桥人不度，小舟撑出柳阴来。

看完李白大开大合的山水描写，我们再来看一篇精致细腻的风光描写。徐俯描写的是春日乡村景色：一对对燕子掠岸飞过，不知道它们什么时候还会再飞回来。小河两岸桃花绽放，有几株桃树枝条低垂，桃花几乎碰到了水面。春雨连绵，河水涨起淹没小桥，使人们都无法过河了。正当大家犯愁的时候，一叶小舟从柳荫中慢慢驶出。诗的韵脚则恰好和上一首相同，也是"回""开""来"。

苔

清　袁枚

白日不到处，青春恰自来。
苔花如米小，也学牡丹开。

清朝诗人袁枚的这首《苔》是一首网红诗。这首怡情小诗一度在网上广为流传,成了很多人的励志诗。袁枚对着墙角的青苔,默默吟诵:在阳光照不到的角落,苔藓绿意盎然,生机勃勃。苔花虽然只像米粒般微小,但它也学着像牡丹一样热烈盛开。苔花在百花争艳中是最卑微的存在,但在袁枚的笔下,它依然自信自立,怒放生命。是的,很多人都是卑微的存在,但卑微不代表没有理想。无怪乎,这首诗一经传出,在许多人的心底引起共鸣。"来""开"是本诗韵脚。

书湖阴先生壁

北宋 王安石

茅檐长扫净无苔,花木成畦手自栽。
一水护田将绿绕,两山排闼送青来。

《书湖阴先生壁》是王安石晚年居住在金陵时的作品,湖阴先生是王安石的邻居,也是位隐士。王安石在朋友湖阴先生家的墙壁上提笔写此诗,生动描绘了湖阴先生的居所情况:先生的房檐下、庭院内,由于经常打扫,干净得没有一点青苔,先生还亲手在房前栽种了一垄垄花草树木。只见庭院外流淌着一条小河,小河环绕着一片绿色的农田,打开院门,你还能看见两座青山,像是专门为你送来一捧绿色。"苔""栽""来"是本诗的韵脚。

戏赠看花诸君子

唐　刘禹锡

紫陌红尘拂面来，无人不道看花回。
玄都观里桃千树，尽是刘郎去后栽。

这是刘禹锡的一首著名讽刺诗。至于刘禹锡是如何借诗讽喻，他又讽刺了谁，我们还是先看一看诗的字面意思：长安城的大道上，车马川流不息，车马扬起的灰尘扑面而来。路上的人都说自己刚从玄都观里赏花后回来。玄都观里的那上千株桃树，都是我离开京城后栽下的吧。诗中的玄都观是长安城内的一处道观，刘郎则是诗人自指。表面上看，刘禹锡只是写了一件京城人争着看花的小事。事实上，刘禹锡是将那些桃树比喻成了靠投机取巧谋得权位的新贵，而那些新贵只不过是自己被排挤出朝廷后才得到晋用，所以诗人说，这些"桃千树"，不过是刘郎去后所栽，而那些争着看花的人不过是一群趋炎附势之徒。刘禹锡辛辣的讽刺引来了小人的打击报复，他不幸被贬出京城。可在刘禹锡的眼里，人生就该快意恩仇，哪管个人得失。事实上，这首讽刺诗还有个续集，这就是我们接下来要说的。当然，诗的韵脚还是要看清："来""回""栽"。

再游玄都观

唐　刘禹锡

百亩庭中半是苔，桃花净尽菜花开。
种桃道士归何处？前度刘郎今又来。

刘禹锡因讽刺权贵而被贬后，历经十四年才回到京城，不过饱受打击的刘禹锡并没有屈服，当他来到那个熟悉的玄都观后，又提笔写了一首经典的讽刺诗。刘禹锡揶揄道：玄都观的大庭院里已经长满青苔，之前的桃花已经凋谢，只剩下一些零零星星的菜花。那些种桃树的道士到哪里去了呢？那个被贬出京城的刘禹锡现在又回来了哦！瞅瞅，好一个真性情的刘郎，嬉笑怒骂，皆是文章！我们再看看诗的韵脚，仍然是【灰】韵中的"苔""开""来"。

听了那么多诗，最后我们还是用一个口诀来记一下【灰】韵中最常用的几个字吧。

青苔映墙来，栽花开几回?

这个口诀，你觉得合适吗?

> **知识链接**

继续补充两首押【灰】韵的诗。

观书有感

南宋 朱熹

半亩方塘一鉴开,天光云影共徘徊。
问渠那得清如许?为有源头活水来。

池上

唐 白居易

小娃撑小艇,偷采白莲回。
不解藏踪迹,浮萍一道开。

第四十六章
关山征人还

说了那么多宽韵,这回我们来说一个窄韵。窄韵所包含的字比较少,相应诗人的选择余地会很小。押窄韵就写不出好诗了吗?当然也不能如此绝对,有些韵目虽然项下的字少,但用得好,也能造就很多优美的诗句,比如今天我们要说的【删】韵。【删】韵下面只包含四十多个常用字,一般以an、uan为韵母。

由于【删】韵本身包含的字很少,适合充当韵脚的字就更加集中,其中的"关、山"等字,更是边塞诗人的最爱,经常被运用到那些描写战争和戍边生活的诗中。比如,王之涣的《凉州词》里有"一片孤城万仞山……春风不度玉门关"一句。王昌龄的《从军行》里有"青海长云暗雪山,孤城遥望玉门关"一句,《出塞》里有"秦时明月汉时关……不教胡马度阴山"一句,这些诗句都把"关、山"作为韵脚。接下来,我们看看哪些诗也押了【删】韵。

塞上听吹笛

唐　高适

雪净胡天牧马还，月明羌笛戍楼间。

借问梅花何处落，风吹一夜满关山。

除了王之涣、王昌龄，高适也是写边塞诗的一把好手，《塞上听吹笛》是高适描写塞外早春景色的诗。诗句中的"胡"是唐人对少数民族的称呼，胡天可以理解为塞外。高适看到，塞外冰雪消融，春意袭来，将士们牧马归来。到了晚上，明月独照楼间，思念家乡的将士吹起了羌笛，悠扬的羌笛声不时从楼里传出。试问，笛曲《梅花落》会飘到哪里呢？它一定像梅花一样，充满关隘山岭。高适的"梅花"，既是实写，也是代指乐府曲"梅花落"（音lào），可谓一语双关。其中的"关山"则是关隘山岭的缩写，关山一词也是边塞诗中的高频词。今天我们不再细究诗的表现手法，而是要重点谈押韵，"还""间""山"正是此诗的韵脚。

塞上曲

唐　戴叔伦

汉家旌帜满阴山，不遣胡儿匹马还。

愿得此身长报国，何须生入玉门关！

戴叔伦是一个唐代官员，平时比较喜欢作诗，也留下了不少优秀作品。"汉家"依然泛指中原王朝，这里当然也可理解为唐朝。阴山是北方的一处山脉，为唐朝边境上的一处重要屏障。戴叔伦的这首诗写得荡气回肠，他把笔墨重点放在描写守边将士的决心上：你看，大唐军队的旌旗已经插满阴山，谁若来犯我边界，定让他一匹马也无法回返，我愿献出此身报效国家，哪怕不能再活着进入玉门关。这里的"何须生入玉门关"，引用了东汉班超的故事，班超投笔从戎，扫平西域，在西域居住三十余年，年老时上书皇帝，请求把他调回中原故土，其中有"但愿生入玉门关"的句子。在戴叔伦的笔下，将士的决心比班超还坚定，已经抱着"古来征战几人回"的心态献身沙场，英雄气概直冲霄汉！这首诗的韵脚和上面差不多，正是"山""还""关"。

军城早秋
唐　严武

昨夜秋风入汉关，朔云边月满西山。
更催飞将追骄虏，莫遣沙场匹马还。

　　第三首边塞诗是严武写的，他也是个官员，如果大家记性好，有个在四川对杜甫照顾有加的官员，正是严武，看来两人因为都有作诗的爱好，才会惺惺相惜。严武写的是秋天的边塞风景：昨天夜里，萧瑟的秋风吹入关塞，举目四望，浮云蔽空，一轮冷月挂在山头。前方的战斗异常激烈，勇猛的将士们，奋力追击敌人吧，不要放过他们的一兵一马！是的，这首诗和戴叔伦的作品很相像，也是前面渲染景色，后面以战士的口吻表达决心，连韵脚也是一样的，依然是"关""山""还"。

塞下曲

唐　李益

伏波惟愿裹尸还，定远何须生入关？
莫遣只轮归海窟，仍留一箭定天山。

在谈羌笛的时候，李益已经和我们打过照面，今天我们再来看他所写的另一首边塞诗。咱先搞懂几个专有名词，"裹尸还"是东汉马援的典故，马援曾经说过：男儿应当战死疆场，用马革裹尸体还葬。"定远何须生入关"一句和戴叔伦的"何须生入玉门关"一样，都是用了班超的典故（班超封定远侯）。"海窟"本来是指动物聚居的洞穴，这里借指敌人聚集的地方。"一箭定天山"运用了薛仁贵征突厥的典故，相传薛仁贵领兵和突厥军队作战，一连用三支箭射杀了三名敌将，吓得其余敌将纷纷下马请降。李益连用三个典故告诉我们：守边将士立志以身报国，他们抛却了班超那样活着入关的企望，宁愿像马援那样，马革裹尸而还。将士们更希望自己能像名将薛仁贵一般驻守边疆，震慑强敌。这首诗的韵脚仍然是"还""关""山"。

白云泉

唐　白居易

天平山上白云泉，云自无心水自闲。
何必奔冲山下去，更添波浪向人间！

说了那么多喊打喊杀的边塞诗，咱们再看看用【删】韵的其他诗。《白云泉》是白居易的一首写景抒怀诗。天平山位于现在的苏州,山上有一泓清泉,名为白云泉。这首诗依然保持了白居易简单直白的语言风格:天平山上有一处白云泉,白云泉啊,真是泉如其名,天上云卷云舒,山上泉水从容流淌,好一幅悠然景象。白云泉啊,你又何必奔流到山下去,给人间平添波浪?白居易自己就像那泓白云泉,希望过得恬淡自然,不起波澜。这首诗里的韵脚为"间""闲",需要说明的是首句末尾的"泉"字不属于【删】韵,而属于【先】韵。【删】韵和【先】韵相近,是一对邻韵。我们说过,在第一句中用邻韵入韵,也是常见的做法。

到此为止,我们关于"诗的韵脚"的讨论也快结束了,其实关于一个韵的把握,主要还是要靠大家平时的积累。熟能生巧,自然知道哪些字归于同一个韵,哪些字用做韵脚比较合适。最后,我们还是为【删】韵编两句口诀,不过要比前面的短一点,请记好哦:

关山征人还,间刻不得闲。

> **知识链接**

我们再看两首押窄韵的诗,它们分别押了【微】韵和【青】韵。

山中

唐 王勃

长江悲已滞,万里念将归。
况属高风晚,山山黄叶飞。

舟夜书所见

清 查慎行

月黑见渔灯,孤光一点萤。
微微风簇浪,散作满河星。

第四十七章
为什么抑扬顿挫

说完韵脚,我们再来说一下格律的第二个内容,也是诗词中最难懂的一项知识——平仄(zè)。确实,对于同学们来说,要完全弄懂诗词的平仄规律是点难度的。但如果我们只做一个大致的了解,让自己在欣赏诗词时能够有所运用,倒也不难做到。

什么是平仄呢?咱们先从字面上来理解,所谓"平",就是水平、平直的意思;所谓"仄",就是倾斜、曲折的意思。诗歌的平仄,就是说组成诗句的每个字,都具有一定的声调规律,正如我们的歌曲一样,有起起伏伏的高音低音。只有这样,我们的诗读起来才会抑扬顿挫,适合朗诵、吟唱。平仄和韵脚一样,都是使诗歌听起来动听优美的关键因素。

要明白诗句的平仄,其实也不难,咱们先从汉字的音调讲起。同学们都学过拼音,知道汉语有四声,即所谓的阴平(ˉ)、阳平(ˊ)、上声(ˇ)、去声(ˋ),也称为第一声、第二声、第三声、第四声。我们从小就学ā-á-ǎ-à,ē-é-ě-è,大家都会念。有同学可能会说,还有一种不标音标的轻声呢,说得没错。但是,轻声在诗词里是很少出现的,在这里就不谈了。

现代汉语有四声,古代其实也有四声,现代的四声还是从古代发展来的。古人通过不断地总结提炼,把汉字读音分成了四个声调,称为"古四声",分别为平声、上(shǎng)声、去声、入声。四声中,平声自成一类,称为"平",上声、去声、入声三声合为一类,称为"仄"。如果一句诗的平仄格式是"仄仄平平仄",那就意味着,诗人在吟诗的时候,第三和第四个字应该用平声字,第一、第二和第五个字应该用上、去、入三声的字。

如此看来也不复杂,我们只要弄明白汉字的"古四声"就可以了。那么"古四声"和现代的四声是一回事吗?当然是有区别的,如果完全一致,那就万事大吉了。古四声和现代四声到底是什么关系呢?我们可以总结出一条大致的规律:现代四声和古四声都有平声、上声和去声,无非是"现代四声"把"古四声"中的"平声"分成了阴平和阳平。唯一的不同在于,"古四声"中还有一个"入声"。"入声"在我们现代的音调划分中已经消失,这些入声字已经融入到了现代拼音四声中,所谓"平分阴阳,入派四声"。这个消失的音调也成了我们理解格律诗平仄规律中最让人头疼的问题。

什么是"入声"呢?古人描述入声发音为"短促急收藏",就是说入声字读起来没有尾音,一读即歇。比如,我们在诗词中常见的"白、笛、国、达、不、木、陌、历、弱、桌、鹊、血、石、吃、日、月"等都是入声字,在数字中,一、六、七、八、十都是入声字。大家看了以后可能会发现,古代的入声字,按照现在的读音,一到四声都有,实在太难辨别了,总不能靠死记硬背吧,这里面有什么规律吗?

规律倒是有的,只是有点复杂,我们只能简单介绍几条,供大家做个了解。一般说来,以b、d、j、z、zh为声母的第一声调的字,经常为入声字,比如上面例举的"白、笛、国、达、不"五个字。以m、n、l为声母的第四声的字，经常为入声字，比如上面的"木、陌、历"三个字。还有，韵母为uo的卷舌音和以üe结尾的字多为入声字，比如上面的"弱、桌、鹊、血"四个字。当然，上面几条规则并不是绝对的，有些字古音和现代音已经发生变化，有些字又是有多个读音，实践中的情况还要复杂一点。不过，这里我要告诉大家，在辨别入声字上，南方的同学可能会占点便宜，因为很多入声字用南方方言来读的话，是能够感受出那种短促、急收的感觉的。不信，南方的同学可以试着读一下"一、六、七、八"几个字，是不是这么回事呢？

好了，关于平仄的介绍今天就到这里，上面的知识确实让人云里雾里。不要急，咱们可以简单总结成一句规则：声调中的第一声和第二声就是平声，第三声和第四声就是仄声，一些特殊的入声字也是仄声。当然，这条规则只能说大体上是正确的，实际情况还很复杂，并不完全如此。

最后，咱们对照这个规则来学一首诗，更好地熟悉一下诗词里的平仄究竟是怎么一回事。

出塞·其一

唐　王昌龄

秦时明月汉时关，万里长征人未还。
但使龙城飞将在，不教胡马度阴山。

这首诗相信很多同学都学过，王昌龄最著名的边塞诗，诗意很直白：秦汉时期的明月和边关依然如故，多少战士为戍守边疆而万里出征，至今不见归来。假如有卫青、李广一样的优秀战将在，绝不让北方敌人的战马越过阴山！边关将士的孤苦、战争的残酷、英雄的气概、爱国的热忱……人们关于边塞的所有复杂情感，都被王昌龄的短短四句诗所包容，难怪成为流传千古的好诗。

当然，我们今天主要任务是借着王昌龄的这首好诗，看看它的平仄布局是怎样的。

我们不妨按照前面总结的那条简单规则，先来给诗句做个标注。

秦时明月汉时关，万里长征人未还。
（平平平仄仄平平，仄仄平平平仄平）
但使龙城飞将在，不教胡马度阴山。
（仄仄平平平仄仄，仄平平仄仄平平）

这里咱们要注意下，"月""不"是入声字，属仄音。教，读jiāo，发第一声，所以为平音。

读完以后，同学们可能会有一个感觉，这首《出塞》朗诵起来好听是好听，可它的平仄为什么要如此排列呢？

那当然不是随便排列的，里面还有很多讲究，咱们下回接着再讲。

> **知识链接**

汉语中有些字属于多音字，比如"和、量、中、难、行"等。多音字到了诗里，要通过它的词义来判断是否符合平仄规律。下面两首诗中的"重"字分别为一仄一平。

晚晴

唐　李商隐

深居俯夹城，春去夏犹清。

天意怜幽草，人间重晚晴。

并添高阁迥，微注小窗明。

越鸟巢干后，归飞体更轻。

左迁至蓝关示侄孙湘

唐　韩愈

一封朝奏九重天，夕贬潮阳路八千。

欲为圣明除弊事，肯将衰朽惜残年！

云横秦岭家何在？雪拥蓝关马不前。

知汝远来应有意，好收吾骨瘴江边。

第四十八章
对对子也有讲究

关于格律诗的格式,很多同学的印象就是字数比较固定,要么五个字一句,要么七个字一句。确实,这是格律诗的一大特点。很多同学肯定也接触过《诗经》里的诗歌,以及先秦两汉的一些古体诗,这些诗歌就没有如此的限制。除了字数一定外,大家肯定也发现了,格律诗经常四句一首,或者八句一首,四句的诗我们称为"绝句",八句的诗我们称为"律诗"。因此,如果按照字数和句数两两搭配,我们可以把格律诗分为五言绝句、七言绝句、五言律诗、七言律诗四种。此外,还有一种诗的句数比较多,多达十句以上,人们称其为排律,这种体例很少见,我们也就不说了。

在四种格律诗的体例中,五言绝句字数、句数最少,要明白诗的平仄,必须从它开始。诗句的平仄排列到底有什么规律呢?我们还要再说一个概念——节奏。节奏就好比我们唱歌时的节拍,诗句的节奏是以每两个音节(就是两个字)为一个节拍的,最后一个字自成节奏单位。比如我们以王之涣的《登鹳雀楼》为例,读起来就是:

白日——依山——尽,黄河——入海——流。
欲穷——千里——目,更上——一层——楼。

除了这种常规情况外，有时诗句中也会前两个字和后两个字为一个节奏单位，中间一个字自成节奏单位。比如李商隐的《登乐游原》，读起来就是：

向晚——意——不适，驱车——登——古原
夕阳——无限——好，只是——近——黄昏

只有第三句依然是"二二一"的常规格式，其他都是"二一二"的特殊格式。

回过头，我们继续研究《登鹳雀楼》的格式，标注上平仄后，这首诗的格式应该是这样：

白　日　依　山　尽
（仄　仄　平　平　仄）
黄　河　入　海　流
（平　平　仄　仄　平）
欲　穷　千　里　目
[（仄）平　平　仄　仄]
更　上　一　层　楼
（仄　仄　仄　平　平）

诗里的"白"和"一"是入声字，所以是仄声。看了上面的平仄格式后，大家可能会发现，诗的第一句和第二句、第三句和第四句的平仄规律正好是相反的。白日（仄仄）对黄河（平平），依山（平平）对入海（仄仄），尽（仄）对流（平）。后面两句的情况也差不多，唯一例外的是"欲"字，它虽然是仄声，但其实我们可以把它看成是平声，因为，诗句中特定位置的一些字，是没有平仄要求的，这个我们会在下面一章中讲到。

如此一来，我们可以归纳出一条基本的平仄规律：诗句中第一句和第二句、第三句和第四句的平仄正好是相反的。我们称之为"对"。正因为有"对"的特点，所以我们把格律诗中的上下两句叫作一"联"。

在格律诗中，我们确实能看到很多精彩的"对联"式诗句。比如："城阙辅三秦，烽烟望五津""留连戏蝶时时舞，自在娇莺恰恰啼""两个黄鹂鸣翠柳，一行白鹭上青天"，等等。事实上，以往我们只注意了文意上的对仗，其实诗句更多的是一种声律上的对仗。所以说，格律诗中的对仗不仅是一种意对，更是一种音对。你看，诗人在如此苛刻的条件下，还能创作出语句优美、音律和谐、意境悠远的诗句，是不是特别牛呢？

前面提到过《笠翁对韵》和《声律启蒙》两本古代童蒙素材，它们既帮助孩子记住韵脚，同时也在帮助人们熟悉平仄。很多人都会背"云（平）对雨（仄），雪（仄）对风（平），晚照（仄仄）对晴空（平平），来鸿（平平）对去燕（仄仄），宿鸟（仄仄）对鸣虫（平平）……"同样，里面既包含了文意上的对仗，又是平仄上的对应。学习古人的童蒙教材，就是为了让大家掌握格律知识。

讲完"对"以后，我们接着说平仄格式中的第二条规则——粘。所谓"粘"，就是诗的第二句、第三句的第二个字应该平仄一致。比如，上面的"河"字和"穷"字都是平声，"对"和"粘"规则是决定诗句平仄格式的基本规则。

好了，听完上面的规则后，我们已经可以试着推导格律诗的平仄格式了。下面，让我们打起精神一步步来推演吧。

第一步：根据两个字为一个节奏的规则，五言诗的基本句型有以下四种：仄仄平平仄，平平仄仄平，平平平仄仄，仄仄仄平平（一般不考虑一句只有一个仄声字或平声字）。这四种句型成了五言诗最基础的框架，此后的格式变化，都是从四种句型中进行选择而已。

还是以《登鹳雀楼》为例，它的基本框架就是：

1. 仄仄平平仄
2. 平平仄仄平
3. 平平平仄仄
4. 仄仄仄平平

好了，我们的七十二变开始，我们先把第二句换成第一顺位。

1. 平平仄仄平

接着，按照"对"的规则，第二句应该是"仄仄平平仄"，对吗？不好意思，这个答案是错的。在谈诗的韵脚时，我们说过，偶数句要押韵，最后一个字只能是平声。如此一来第二句的任务只能由"仄仄仄平平"来完成了，因为，只剩下它是平声结尾了。

我如此一说，肯定有小朋友要跳起来指责我，你不是说好了一二句平仄相对吗，怎么马上就食言了呢？没办法，作诗是一个整体，它在遵守平仄规律同时，还要遵守押韵的规律，我们必须从整体上把握关于诗的知识。

确定第二句后，我们根据"粘"的规则，可以轻松选出第三句"仄仄平平仄"。最后，我们根据"对"的原则，可以确定第四句为"平平仄仄平"。也就是说，"平平仄仄平"运用了两次，"平平仄仄仄"很不幸，被冷落了一回。经过一番调整，新的格式出来了：

1. 平平仄仄平
2. 仄仄仄平平
3. 仄仄平平仄
4. 平平仄仄平

按照上述推导方式，我们分别再以"平平平仄仄"和"仄仄仄平平"为首句，又可以得出两种格式。

1. 平平平仄仄　　1. 仄仄仄平平
2. 仄仄仄平平　　2. 平平仄仄平
3. 仄仄平平仄　　3. 平平平仄仄
4. 平平仄仄平　　4. 仄仄仄平平

经过这么一番推演，五言绝句的四种格式就齐了，那么五言律诗、七言绝句、七言律诗呢？其实也差不多，五言律诗就是把五言绝句按照"对"和"粘"的规则再延伸四句。比如，它的基本格式就变成下面这样：

1. 仄仄平平仄
2. 平平仄仄平
3. 平平平仄仄
4. 仄仄仄平平
5. 仄仄平平仄
6. 平平仄仄平
7. 平平平仄仄
8. 仄仄仄平平

至于七言绝句，只要在五言绝句前面加两个字就可以，这两个字的平仄和五言绝句起首二字的平仄正好相反。比如"仄仄平平仄"就要变成"平平仄仄平平仄"，其他都可以以此类推。如果是七言律诗，只要按照同样的方法在五言律诗的前面加两个字即可。

如此一来，四种格律诗每种都可以变换出四种格式，一共形成了十六种基本格式。它们虽然看上去眼花缭乱，其实都可以由五言绝句的基本格式推导而来，也不会太难。大家如果觉得推来导去还是太麻烦，没关系，我把这十六种格式放到知识链接中，有兴趣的同学可以直接拿来当模板。

同学们在学习诗时会发现，很多诗的格式似乎和上面说的几种基本格式不一样，这又是怎么回事呢？事实上，基本格式只是一种理想状态，真正的创作中，还会有一些变通灵活的规则，让诗人创作起来更自由，以便创造出精品。

> 知识链接

下面是格律诗的十六种基本平仄格式,可供大家依葫芦画瓢。

五绝

1. 仄起首句不入韵式

仄仄平平仄,

平平仄仄平。【对】

平平平仄仄,【粘】

仄仄仄平平。【对】

2. 仄起首句入韵式

仄仄仄平平,

平平仄仄平。【对】

平平平仄仄,【粘】

仄仄仄平平。【对】

3. 平起首句不入韵式

平平平仄仄,

仄仄仄平平。【对】

仄仄平平仄,【粘】

平平仄仄平。【对】

4. 平起首句入韵式

平平仄仄平,

仄仄仄平平。【对】

仄仄平平仄,【粘】

平平仄仄平。【对】

七绝

5. 仄起首句不入韵式

仄仄平平平仄仄,

平平仄仄仄平平。【对】

平平仄仄平平仄,【粘】

仄仄平平仄仄平。【对】

6. 仄起首句入韵式

仄仄平平仄仄平,

平平仄仄仄平平。【对】

平平仄仄平平仄,【粘】

仄仄平平仄仄平。【对】

7. 平起首句不入韵式

平平仄仄平平仄,

仄仄平平仄仄平。【对】

仄仄平平平仄仄,【粘】

平平仄仄仄平平。【对】

8. 平起首句入韵式

平平仄仄仄平平，

仄仄平平仄仄平。【对】

仄仄平平平仄仄，【粘】

平平仄仄仄平平。【对】

五律

9. 仄起首句不入韵式

仄仄平平仄，

平平仄仄平。【对】

平平平仄仄，【粘】

仄仄仄平平。【对】

仄仄平平仄，【粘】

平平仄仄平。【对】

平平平仄仄，【粘】

仄仄仄平平。【对】

10. 仄起首句入韵式

仄仄仄平平，

平平仄仄平。【对】

平平平仄仄，【粘】

仄仄仄平平。【对】

仄仄平平仄,【粘】

平平仄仄平。【对】

平平平仄仄,【粘】

仄仄仄平平。【对】

11. 平起首句不入韵式

平平平仄仄,

仄仄仄平平。【对】

仄仄平平仄,【粘】

平平仄仄平。【对】

平平平仄仄,【粘】

仄仄仄平平。【对】

仄仄平平仄,【粘】

平平仄仄平。【对】

12. 平起首句入韵式

平平仄仄平,

仄仄仄平平。【对】

仄仄平平仄,【粘】

平平仄仄平。【对】

平平平仄仄,【粘】

仄仄仄平平。【对】

仄仄平平仄,【粘】

平平仄仄平。【对】

七律

13. 仄起首句不入韵式

仄仄平平平仄仄，

平平仄仄仄平平。【对】

平平仄仄平平仄，【粘】

仄仄平平仄仄平。【对】

仄仄平平平仄仄，【粘】

平平仄仄仄平平。【对】

平平仄仄平平仄，【粘】

仄仄平平仄仄平。【对】

14. 仄起首句入韵式

仄仄平平仄仄平，

平平仄仄仄平平。【对】

平平仄仄平平仄，【粘】

仄仄平平仄仄平。【对】

仄仄平平平仄仄，【粘】

平平仄仄仄平平。【对】

平平仄仄平平仄，【粘】

仄仄平平仄仄平。【对】

15. 平起首句不入韵式

平平仄仄平平仄,

仄仄平平仄仄平。【对】

仄仄平平平仄仄,【粘】

平平仄仄仄平平。【对】

平平仄仄平平仄,【粘】

仄仄平平仄仄平。【对】

仄仄平平平仄仄,【粘】

平平仄仄仄平平。【对】

16. 平起首句入韵式

平平仄仄仄平平,

仄仄平平仄仄平。【对】

仄仄平平平仄仄,【粘】

平平仄仄仄平平。【对】

平平仄仄平平仄,【粘】

仄仄平平仄仄平。【对】

仄仄平平平仄仄,【粘】

平平仄仄仄平平。【对】

第四十九章
记住神秘口诀

前面一章讲到,根据偶句押韵、平声押韵的要求,再加上"对"和"粘"的规则,格律诗一共有四种句式、十六种格式。但同学们看了这些格式以后,肯定会一头雾水。什么"平平仄仄平平仄""仄仄平平仄仄平",密密麻麻的一堆,让人大眼瞪小眼,越看越糊涂。

我觉得同学们也不用急,你的烦恼古人也考虑到了。关于如何处理平仄问题,有人总结出了一条非常经典的口诀:

一三五不论,二四六分明。

什么意思呢,所谓"一三五不论",就是说七言诗每句的第一个字、第三个字、第五个字,平仄可以不论,就是说你想用平声字和仄声字都可以。所谓"二四六分明"就是说七言诗的第二个字、第四个字、第六个字必须严格遵守句式的平仄规律。至于第七个字,当然要遵守关于韵脚的规则。

如果把这个口诀套用到五言诗中,"一三五不论,二四六分明",就变成了"一三不论、二四分明"。为什么会产生这个口诀呢?这和我们上一章所讲的对仗有关,因为格律诗句的节奏经常以两个音节为一个单位,第一、三、五个字不在节奏点上,所以用起来就自由点。

为了把事情弄明白，咱们还是来看个例子：

相思

红 豆 生 南 国，
[（平）仄 平 平 仄]

春 来 发 几 枝。
[（平）平 仄 仄 平]

愿 君 多 采 撷，
[（仄）平 平 仄 仄]

此 物 最 相 思。
[仄 仄（仄）平 平]

这是王维的《相思》，大家都很熟悉。以上是这首诗的平仄格式，先说明下"国、发、撷、物"都是入声字，属于仄音。

我们看到了《相思》这首诗套用的平仄格式是"仄仄平平仄，平平仄仄平。平平平仄仄，仄仄仄平平"。按照这个格式，第一句的第一个字本该用仄声字，诗人所用的"红"却是平声字。第三句的第一个字本来应该用平声字，最后却用了仄声的"愿"。

显然，这是诗人为了保证文意，在平仄上做了调整。你如果不信，我们可以试着把"红豆（平仄）"两个字改成"赤豆（仄仄）"，把"愿君（仄平）"改成"邀君（平平）"。读起来，节奏感完全没问题，似乎还更和谐点。当然，这么一来，诗的美感就被完全破坏了，王维如果知道了，肯定要找我算账。

反过来，我们如果尝试改这两句诗的第二个字的平仄呢？效果如何？咱们把"红豆（平仄）"改成"红花（平平）"，"愿君（仄平）"改成"愿你（仄仄）"试试，抛开美感不说，读起来就不怎么舒服。尤其是第一句，连续平声，失去了起伏感，都不像诗了。

"一三五不论，二四六分明"的口诀很好记，但它只是方便我们初学者的一条粗浅规则。事实上，这条规则并不是处处适用，其中还有不少例外规则。

第一个补充规则——不能犯"孤平"，除非你"拗救"。什么是孤平呢？就是在"平平仄仄平"这个句式里，除了韵脚是平声字外，其余只剩下一个平声字。在格律诗创作中，"孤平"是绝对不允许出现的。在古代科考中，如果你犯了"孤平"，将被直接判为不及格，后果比你数学考试一道大题没做出还严重。比如《相思》中第二句的"春"字，如果你换成仄声的"又""再"就绝对不可以。因此，在"平平仄仄平"这个句式里，只能适用"三不论"，而不是"一三不论"，此所谓不可犯"孤平"。

当然，有人可能会说，如果根据诗意，那个字我必须用仄声字怎么办呢？办法倒也有，你不是只剩下一个平声字了吗？再把第三个仄声字改成平声字就可以了。还是以上面的《相思》为例，如果你非要把"春"字换成"再"字，那你就得把"发"也一起换掉，比如换成平声的"开"。这么一讲，大家可能就明白了，在"平平仄仄平"这个句式里，如果第一个字由平转仄，那么，第三个字必须跟着由仄转平，即将"平平仄仄平"改成"仄平平仄平"。七言诗里的对应句式是"仄仄平平仄仄平"，第三个字和第五个字就要适用上述规则。这个规则被人称为"孤平拗救"，意思是把拗口的孤平句子给拯救回来。

第二个补充规则——不准三平调。此规则适用于"仄仄仄平平"这个句式。在这种句式里，第三个仄声字不能换成平声字，否则就叫作"三平调"，犯"三平调"也是写格律诗的大忌。比如，我们把"此物最相思"中的"最"换成"真"，听着就感觉气提不起来。因此，"仄仄仄平平"句式享受的规则是"一不论"，而不是"一三不论"。在七言诗里，对应的句式是"仄仄平平仄仄平"，只能是"一五不论"，而不是"一三五不论"。

第三个补充规则——三四字互换。这个规则是针对"平平平仄仄"句式。它和上面讲到的"仄仄仄平平"句式正好相反，"仄仄仄平平"句式是只能"一不论"，它则不但"一三不论"，而且连第四个字在一定条件下都可以变一下，可以将格式变为"平平仄平仄"。在七言诗里，"仄仄平平平仄仄"可以变成"仄仄平平仄平仄"。以上诗为例，"愿君多采撷"可以变成"愿君采多撷"。当然，这样一来，文意就有点错乱了。可是如果你根据诗意，正好想套用一下这个特殊格式，那再好不过了。比如苏轼的《饮湖上初晴后雨》中第三句"欲把西湖比西子"的平仄格式就是"仄仄平平仄平仄"，这里的西湖、西子都是专有名词，无法调整，如果不用变格，诗句根本组织不起来，总不能写成"欲把西湖西比子"吧。

好了，规则讲了那么多，估计大家都已经比较头晕。没关系，平仄规律确实是诗词学习中最难掌握的一环，如果考虑到还有一些其他的特殊规则再加上古音和现代音的变化、多音字等因素，情况只会更复杂。好在同学们的语文考试已经不考格律诗了，你是不是觉得很庆幸呢？

其实呢，诗人作诗更多的是靠熟能生巧和出色的语感，如果要生套规则，作诗就会失去乐趣，李白、孟浩然他们早就不干了。所以，咱们完全可以带着了解、欣赏的态度去看待格律诗，不需要背负上任何压力。

知识链接

格律诗和古体诗的最大区别在于前者需要讲究平仄规律,而古体诗不受此束缚。下面两首诗前者为古体诗,后者为格律诗,大家可以读一读,感受一下不同的节奏。

长歌行

汉乐府

青青园中葵,朝露待日晞。

阳春布德泽,万物生光辉。

常恐秋节至,焜黄华叶衰。

百川东到海,何时复西归?

少壮不努力,老大徒伤悲。

客至

唐 杜甫

舍南舍北皆春水,但见群鸥日日来。

花径不曾缘客扫,蓬门今始为君开。

盘餐市远无兼味,樽酒家贫只旧醅。

肯与邻翁相对饮,隔篱呼取尽余杯。

第五十章
积木如何玩

到此为止,同学们已经掌握了很多关于诗的知识。按照我们开篇时的说法,你终于拥有了各色积木。然而,任何知识最终还是要运用于实践的,否则再丰富的知识也只是屠龙之技。若想把手中的积木玩好,还是要真刀真枪地操作一番。在此,你要能够冲破四道关卡:

第一关,分析诗词。还记得我们开篇时所说的《泊船瓜洲》吗?"京口瓜洲一水间(平仄平平仄仄平),钟山只隔数重山(平平仄仄仄平平)。春风又绿江南岸(平平仄仄平平仄),明月何时照我还(平仄平平仄仄平)?"这首诗大家都会背诵,但通过一系列的学习,你对这首诗是否有了更全面深刻的认识呢?咱们可以试着用诗词的元素来分析一下,这首诗的场景是什么呢,当然是"思乡"了。一看便知,是王安石离家北上,在瓜洲渡口回望家乡时的感慨。全诗的感情基调如何呢?春风又吹绿了大江南岸,明月何时才能照着我回家呢?字里行间我们都能读出诗人为国事家事担负的忧愁情绪,哀伤、思念是全诗的感情基调,这一点,我们也可以从这首诗的意象中看出来。明月,那是思念的,当然,诗人临江远眺,我们可以说,诗里面还隐藏着一个常用的意象——江水。哪些字成为了诗的韵脚呢,没错,正是"间、山、还"三个字,押了【删】韵。至于平仄规律，我们也可以看出来，诗人严格遵循了"对"和"粘"的规则，第一句的"口"字和第二句的"山"字分别仄音、平音相对，第二句的"山"和第三句的"风"都是平音，符合"粘"的规则，第四句的"月"字又是仄音，它又和"风"字相对，个别字则灵活运用了"一三五不论"的规则，整首诗音律和谐，读起来富有美感。

第二关，记忆背诵。有些同学非常用功，能背诵很多古诗。但是，我们终究是普通人，不是电脑、复读机，终究会有马失前蹄的时候。有些诗，虽然当初背得滚瓜烂熟，但时间一长，就忘了。有时候，很多同学有一种体会，某些诗句好像就在嘴巴边，愣是背不出来了；有时候，一首诗偏偏忘记了其中一句，怎么抓耳挠腮，都记不起来了。在这个时候，我们平时不大在意的韵脚可能还真能帮你一个小忙。比如，前面《泊船瓜洲》，如果我们忘记了"京口瓜州一水间"，但只要你还记得"钟山只隔数重山""明月何时照我还"几句，就知道全诗押了【删】韵，试着用大脑搜索一下以an、uan为韵母的字，或许就能找到那个你需要的"间"字，并顺着这个字把整句诗都回忆起来。只要那首诗是你曾经背熟的，往往提醒一个字就能帮助你把它再找出来。这个小诀窍，有时能帮你大忙呢。

第三关，应对考试。学诗不光是为了考试，但学会应对考试中的诗词题目也是必备的功夫。很多同学可能会认为，诗词考题一般都是死记硬背，没什么捷径可走。是的，对于默写诗句、解释专有名词之类的试题，确实还是要靠记忆为主。但有些试题，却可以用到我们之前所介绍的知识，比如咱们来看下面两个诗句选择题：

请在横线上选择正确的诗句

浪淘沙

唐　刘禹锡

九曲黄河万里沙，＿＿＿＿＿＿。
如今直上银河去，同到牵牛织女家。

A. 千里莺啼绿映红　　B. 无限风光尽被占
C. 浪淘风簸自天涯　　D. 疑是银河落九天

暮江吟

唐　白居易

一道残阳铺水中，半江瑟瑟半江红。
＿＿＿＿＿＿，露似真珠月似弓。

A. 一片孤城万仞山　　B. 遥望洞庭山水色
C. 碧海青天夜夜心　　D. 可怜九月初三夜

一看题目，有些人会觉得很简单，还不是靠背诵嘛，但对于没接触过这两首诗的小朋友来说，那就有点麻烦了。因为诗句是高度凝练的，有些表现同类主题同类场景的诗，诗句有很大雷同性，你顿时会感觉似乎选哪句都能应景。这时候，你如果运用一下押韵和平仄的知识，或许就能帮上大忙。比如第一题，我们能轻松地看出，诗的韵脚是【麻】，一般应该找韵母为a、ia的字，所以那句"浪淘风簸自天涯"就比较适合。有人问，如果是不入韵的第三句呢？那咱们可以用平仄中"对粘"的规律试试看，比如在第二题中,《暮江吟》的第二句是"半江瑟瑟半江红",第二个字"江"为平声,那就意味着接下来第三句的第二字也得用平声字。如此一来,我们直接就可以把ABC项排除了。当然,有人会提出,用这些方法有时也不能找到唯一答案啊。是的,可它至少可以帮助你缩小范围嘛。

第四关,帮助作文。如果学诗只是运用到应付诗词类考题的话,那么你可真是暴殄天物了,我们学诗,绝不是为了会背诵几句诗、做几道题目,更大的用处还在于帮助你提高文字能力和写作水平。关于学古诗对写作的帮助,很多小朋友局限于在文章中直接引用一些诗句,比如,鼓励勤学就来句"少壮不努力,老大徒伤悲",表达应该亲身实践就来句"纸上得来终觉浅,绝知此事要躬行"。事实上,诗句在文章中的运用是很丰富的,尤其是诗中一些别具特色的景物描写,都可以通过扩写的方式为你所用。比如,当老师布置一篇描写春天景色的作文时,有聪明的小朋友如此写道:春天来了,万物开始复苏。河边一株株杨柳换上了新绿装,柳枝随风摇曳,柳叶被春风裁剪得纤细精致,山间红花绽放,树上黄莺不停啼叫,蝴蝶翩翩起舞,一片生机盎然的景象……看了这段描写,大家会不会有一种似曾相识的感觉呢?是的,其实不过是"二月春风似剪刀""千里莺啼绿映红""留连戏蝶时时舞,自在娇莺恰恰啼"等诗句的综合化运用罢了。

其实,化用诗句还只是一种较简单的运用。我们知道,文章最核心的因素是表达你的思想和感情,让人感同身受,引起共鸣。但文字在传达感情时并不适合简单直接的表达,比如,你想表达悲伤,不能只说自己内心痛苦,泪流满面;你想表达喜悦,也不能只说心花怒放,笑得合不拢嘴。你也可以尝试借鉴古诗的笔法,恰当地用意象来传递感情。当你想抒发内心的忧愁时,你完全可以像诗人一样,恰当地用冷月、寒风、霜天、孤灯、落叶、残花等景物充当悲伤的意象，用这些特定物来渲染氛围，你的文章肯定会更加细腻动人。古诗对文章的帮助还有很多，最重要的是，当你在背诵古诗时要有一种代入感，设身处地地去体会诗人的感受。唯其如此，你方能深刻体会他的感情，才能真正领略他的文笔技法。

好了，到此为止，你终于走过了最后一关，相信你对诗歌的理解已经有了不小的进步，可喜可贺。不过你也别忙着沾沾自喜，其实我们还设计了一个更难的附加题，如果你敢挑战下自己，请再大胆地往前走一步！

知识链接

在行将结束的时候,贴两首劝学诗,希望大家勤勉向学,不负光阴。

劝学诗

唐　颜真卿

三更灯火五更鸡,正是男儿读书时。
黑发不知勤学早,白首方悔读书迟。

劝学诗

南宋　朱熹

少年易老学难成,一寸光阴不可轻。
未觉池塘春草梦,阶前梧叶已秋声。

番外篇
你能搭出个什么玩意儿

还是拿积木来举例。在玩积木的时候,当你按照图纸搭建出一个模型的时候,无疑是很开心的。但是,很多朋友有着很强的好奇心,不满足于按图索骥地搭模型,而是希望能将自己的创意变成一个玩具模型。换句话说,你将由一个建造者变成创造者,那可不是一次容易的飞跃。回到诗词学习上也一样,学会背诵、欣赏相对容易,尝试自己作诗就很困难了。

历史上也曾有不少人学着大诗人作诗,但因为水平有限,作出来的诗毫无美感,有的甚至闹出了不少笑话。话说唐朝的时候有个叫张打油的人,有一天,他看见天下大雪,鹅毛般的雪花从天空中纷纷坠落,整个大地瞬间变成白茫茫一片。多美的景色啊!如此雪景,怎么能不作诗?张打油苦思冥想、抓耳挠腮,拼命寻找灵感。憋了好久,终于创作出了一首:

咏雪
唐 张打油

江山一笼统,井上黑窟窿。
黄狗身上白,白狗身上肿。

大家别忙着笑，咱们先来看看张打油的创作思路。因为下大雪，天地间统统变成了白色，于是，他就来了一句"江山一笼统"。再仔细一看，地上还有一个地方没有变白色——地上的一口井。井上没盖子，成了大黑洞，所以就叫"井上黑窟窿"。最后还差两句，好办，那里不是有两条狗吗，黄狗身上盖了雪，就变白了，白狗身上再加一层白雪，就像肿了，所以，后两句就是"黄狗身上白，白狗身上肿"。张打油的这首歪诗太有名了，以至于后来人们把那种插科打诨、逗人一乐的小诗统称为"打油诗"，我们前面提到过的军阀张宗昌所作的诗也属于打油诗。

如果我们真心想作诗，就要努力避免将诗写成打油诗。为此，得特别注意几条法则。第一，必须讲究平仄和押韵。很多人把格律诗简单理解成了五字一句或者七字一句，把写诗变成了凑字数，或者只知道押韵而不知道平仄，导致诗一出来就是一股"打油"味，那可不行。第二，要融入感情和立意。好的作品必须有自己的灵魂，在动笔创作前，你必须知道内心想表达什么，悲伤抑或喜悦？消沉抑或积极？伤感家国大事抑或感慨个人际遇？你必须知道自己要表达的真实思想，否则容易搞成无病呻吟，读起来像白开水似的。比如，张打油笔下的雪就是"江山一笼统，井上黑窟窿"，而刘长卿笔下的雪则是"日暮苍山远，天寒白屋贫"，"远、贫"等几个字其实都是在传递诗的感情基调。第三，讲究意境。一首格律诗一共才20~56个字，所以在表达上必须精练含蓄，采取虚实结合的写法，通过营造意境来传递美感，太平直的语言一般不太适合进入格律诗。如果执意要写实，那还不如换用其他的文学表现方式。第四，尽量不用生僻典故和字词。写格律诗有时会需要引用些典故，但不能太生僻，否则会让人产生距离感。同理，我们也要尽量避免使用冷僻的字或词。之前我们举例提到的诗，离现在已经几百年、上千年，但许多诗理解起来并不费力，通俗易懂正是这些诗能够流传至今的主要原因。所以，我们要记住，写诗不是为了炫耀文字技巧和卖弄知识，而是传递思想感情。当然，以上几条只是对于入门者的提醒，此外还有"词句对仗""修辞手法""句子起承转合""字词倒装"等诸多要点，需要随着你更专业的学习来体会。总而言之，格律诗看似寥寥几句，其实玄机无数，绝非一朝一夕之功。

最后，我们再说说古人是如何作诗的。诗人作诗不会无感而发，应该是某个场景、某个事物触发了作者的创作冲动，他才会尝试用诗去表达。所以说，诗人遇到的场景以及由此引发的感情，正是诗的创作基础。也就是说，他要找好所需要的积木底板和各色积木块。

接着，诗人会一句一句往下写吗？也不是的，要知道诗是创作出来的，它不比书法临摹，诗人此时还没有现成的"搭建图纸"，他需要先想出一个好句子，为接下来的创作点燃火花。很多同学可能听说过，一些诗人平时非常注重灵感的捕捉，一想到好的句子就会记下来。唐代诗人李贺平时身边常备一个布袋子，一有好的诗句就马上记录下来，放进袋子里。这个故事也透露了一个信息，诗人写诗并不像我们看到的成品的诗一样，是从第一句开始，依次写出来的，而是先想到一句或两句经典的好句，然后再逐步补充完整。而这突然想到的好句，我们也可以称为诗人的灵光一现。

我们说过，格律诗是讲究押韵和平仄的，当诗人想到一个满意的句子后，他会根据这个句子来决定使用的韵脚和平仄格式。当一切确定后，他只要在这些条件的指引下来作诗就可以了。此时，诗人心中已经有了构建模型的完整排列图纸。最后，它需要考虑使用一些笔法，给自己的诗文增色，让自己的模型更加传神，富有观赏性。

道理大致如此，现在大家是不是觉得非常富有挑战性呢？下面，我可以试着和大家分享一下自己胡诌的一首诗：

戏题课堂走神

太白邀明月，华章绣九州。

东坡思故国，雄赋竞风流。

身在书堂坐，心飞天地游。

若无鸾凤翼，谁解学人愁？

注：白、国、学为入声字，属仄声。

记得写这首诗的时候，正是有一次上数学课时不小心思想开了小差。当然，上课注意力分散是不对的，难免挨批评。不过挨批评后，我还是写诗戏谑了一番。这首诗如果一定分诗的场景的话，姑且可以算作"怀古"吧，毕竟我是拿古人说事。主题是说走神也不全是坏事，文人都是思绪飞扬，大家要辩证地理解"开小差"的现象嘛。

为了给自己辩护，我脑子第一句蹦出来的就是一联"身在书堂坐，心飞天地游"。这句话是写实的，当时的场景就是如此。有了这句后，又因为末尾有个"游"字，这首歪诗的韵脚就确定为【尤】韵了。前面说过，【尤】韵能用的字除去"游"，还有"楼、愁、秋、舟、州"，等等。再看平仄，是"身（平）在（仄）书（平）堂（平）坐（仄），心（平）飞（平）天（平）地（仄）游（平）"。显然，这个平仄排列不合规律，但综合考虑平仄格式，发现此句最接近的规范格式是"仄仄平平仄，平平仄仄平"，因为我们可以用下"一三五不论"的规则，其中的"身"字和"天"字也就不算出律了。考虑到这句诗能起到从"说事"到"表意"的转折作用，它的位置应该处于颈联。我决定套用五律中"仄仄平平仄，平平仄仄平。平平平仄仄，仄仄仄平平。仄仄平平仄，平平仄仄平。平平平仄仄，仄仄仄平平"的格式。接着，咱就埋头进行完形填空吧。

律诗有对仗的要求，一般是每联第一句（出句）和第二句（对句）相对，不过这回我在前面四句用了个"扇面对"，也就是第一句、第二句分别和第三句、第四句相对。为了给自己的开小差辩护，我把李白、苏轼都请了出来。你看，李太白心里想着天上的明月，绣口一张，好文章誉满华夏神州。苏东坡在赤壁"故国神游"一回，前后《赤壁赋》来了，荡气回肠的《念奴娇·赤壁怀古》也来了。"竞风流"既是说苏轼的文章风流千古，也是说他在《赤壁怀古》一词中尽数风流人物。当然，在写的时候也会遇到平仄不合的事情，调整下个别字词是难免的，比如"雄赋竞风流"一句，一开始是想着"雄文竞风流"，但第二个字因为要用仄音，就替换了下。

最后的尾联是我继续"恬不知耻"地为自己辩解：如果思绪不像小鸟一样长了翅膀乱飞，那些诗人哪来丰富的想象力呢？于是，来了一句"若无鸾凤翼，谁解学人愁"。鸾和凤是传说中的神鸟，素有"仙鸾彩凤"之说，经常用来比喻夫妇、美人，也可以用来比喻贤良的人。"鸾凤翼"是和前面的"心飞"相对应，形容思绪像长了翅膀飞到九天之外。

我的"狡辩"结束了，不知道大家读了以后，有没有找到张打油的感觉。最后再强调一遍：上课开小差，那是绝对不可以的！